S

D0710092

D'quond le journal intime
du jardin blanc !

Adrien.

Déc 2011

LE JOURNAL INTIME
D'UN ARBRE

Didier van Cauwelaert

LE JOURNAL INTIME
D'UN ARBRE

Roman

IL A ÉTÉ TIRÉ DE CET OUVRAGE

Quinze exemplaires,
dont dix exemplaires numérotés de 1 à 10,
et cinq exemplaires, hors commerce, numérotés de I à V,
le tout constituant l'édition originale dont le bois de reliure
provient de l'arbre tricentenaire qui a inspiré ce roman.

3 1969 02110 1331

Tous droits de traduction, d'adaptation
et de reproduction réservés pour tous pays.

© Éditions Michel Lafon, 2011
7-13, boulevard Paul-Émile-Victor – Île de la Jatte
92521 Neuilly-sur-Seine Cedex
www.michel-lafon.com

La chute

Je suis tombé au lever du jour. Transmise par la lumière sur mes racines et le contact de mes branches avec la terre, l'information m'a été confirmée par le facteur. Je me suis vu gisant dans ses yeux, en travers de l'allée. Sa première pensée a été pour le docteur Lannes. « Le pauvre, quand il rentrera… »

La tristesse que j'allais causer à mon propriétaire s'est mêlée à tous les signaux de détresse que je percevais autour de moi. Insectes, oiseaux, champignons, tous avaient perdu mon repère. Je m'accrochais à l'espoir qu'on allait peut-être me sauver, comme le catalpa derrière le garage qui s'était couché lors de la tempête de 1999. On l'avait redressé avec un treuil, et depuis il survivait de son mieux, maintenu par trois câbles ornés de chiffons.

Mais, à travers les yeux du facteur, j'ai bien

vu que mes branches charpentières s'étaient brisées dans la chute. Déraciné, décapité, j'avais en tout cas épargné mes congénères, les voisins, les toitures et la tonnelle où courait la glycine. Je ne laisserais pas de mauvais souvenirs.

On m'appelait Tristan, j'avais un peu moins de trois cents ans, j'étais l'un des deux poiriers du docteur Lannes. Il m'avait fait inscrire sur la liste d'attente des Arbres remarquables de France, et avait obtenu ma grâce au tribunal quand les voisins m'avaient poursuivi pour vieillesse dangereuse. J'étais son bien le plus cher, son devoir de mémoire, sa victoire sur le temps. À son âge, ma mort allait probablement le tuer...

J'ignore si nos liens se renoueront. Y a-t-il un au-delà commun pour les hommes et les arbres ?

Tout a changé depuis que je suis à terre. Je vis toujours, mais pour combien de temps, et pour quoi faire ? Mes fonctions, déjà ralenties par l'hiver, demeurent tendues vers un but, mais ce but est devenu sans objet. Mon activité majeure en cette saison – gérer les bulles d'air provoquées par le gel de la sève – a perdu sa raison d'être, au même titre que la lutte contre l'invasion de champignons qui pourraient bloquer, au printemps, les cellules de ma nouvelle couche de bois. La mobilisation n'a plus de sens. Pourtant, elle se poursuit. Comme continuaient de pousser les cheveux et les ongles des corps ensevelis jadis autour de moi.

Apparemment, je suis la seule victime de la minitornade. Ma trop grande prise au vent, le sol détrempé par trois semaines de pluie, l'attaque d'une vermine d'importation, l'âge qui ne permet plus de se défendre assez vite... J'ai des circonstances atténuantes, mais elles n'atténueront pas le choc.

Le docteur Lannes est absent depuis plusieurs jours. « Un cardiologue qui meurt du cœur, ça serait mal vu par ses patients », m'a-t-il confié en m'enlaçant, ventre et joue collés contre mon tronc pour y puiser des forces avant d'aller se livrer à ses confrères. Un pontage, ça s'appelle. D'après l'image qu'il m'a transmise, c'est comme une sorte de greffe. Un conduit de sève bouché qu'on remplace par un tube.

Il s'affaiblissait depuis quelques années, lui aussi, je le sentais bien. Mais lequel de nous deux déteignait sur l'autre ? Quand il s'accrochait à moi pour se recharger, je lui prenais autant d'énergie qu'il m'en demandait : c'est le principe des échanges entre nos espèces, mais vient toujours un moment où l'être humain ne tient plus la charge. J'en ai fait si souvent l'expérience. Cette fois, c'est moi qui me suis épuisé à vouloir le sauver, peut-être. Quand il s'appuyait contre moi, je sentais la flambée de ses cellules. La même exubérance désordonnée qui nous amène à fleurir dix fois plus à l'approche de notre mort, pour augmenter les chances de nous reproduire. Le cancer des fleurs. Mais son organisme à lui se battait sans le savoir ; on ne lui avait décelé qu'une faiblesse cardiaque, et j'étais le seul à percevoir le dérèglement que j'essayais de ralentir, à son contact, en stimulant ce qu'il appelle ses anticorps. Depuis qu'un botaniste anglais m'a révélé mon pouvoir, je m'en sers en connaissance de cause. Tout en sachant bien qu'il ne s'agit, comme dirait le docteur Lannes, que de soins palliatifs.

J'ai aimé sa manière de vieillir. Quand il s'approchait de moi, toujours vêtu dans les tons gris, vert sombre ou feuille morte, sa haute stature inclinée de côté, ridé en craquelures comme mon écorce, j'avais l'impression de me regarder marcher. Jamais quelqu'un ne s'était senti aussi lié à moi. Sans doute parce que je conservais dans mon tronc la balle allemande qui avait tué son fils. Le plus jeune résistant de France, pendant la dernière guerre locale. J'étais à la fois son poteau d'exécution et son souvenir vivant. Pour Georges Lannes, persuadé que la mort est une seconde naissance, je portais son enfant comme l'avait fait sa femme. J'étais le gardien d'une âme. Une de plus.

Que vont devenir toutes ces mémoires humaines, quand j'aurai cessé de vivre ?

L'attente

Trois siècles passés à vous côtoyer m'ont imprégné de vos différentes façons d'envisager l'au-delà. Refus, angoisse, attirance morbide, tentative d'oubli, souffrance – ou alors illusion d'éternité à travers la passion, la religion, l'art, la débauche… Tout cela pour un seul et même résultat : la découverte finale qu'il n'y a rien de spécial après la mort. Rien de plus que la vie. Rien d'autre que soi et les autres, rien à part les sentiments avec lesquels on est venu au monde, qu'on a développés ou combattus à l'intérieur d'un corps qui n'était qu'un moyen d'expression. C'est du moins ce que j'ai perçu, chaque fois que j'ai capté votre activité posthume. En vous aidant, souvent, à quitter l'univers matériel où vous n'aviez plus votre place. Ou en vous retenant, parfois, bien malgré moi, lorsque j'étais pour vous la cause ou le support de votre mort.

Certains d'entre vous sont encore là, cramponnés à mes racines et mes branches, parasites en souffrance, présences diffuses dont personne n'a conscience et qui ne servent à rien. Quand je me serai décomposé, quand vous n'aurez plus rien de vivant à quoi vous raccrocher, en finirez-vous avec cette peur du néant qui vous enferme sous vide ? Ou bien faudra-t-il que mon âme éventuelle vous répète encore en vain que vous n'êtes plus de ce monde ?

Je l'ignore. Tous les ressentis humains auxquels je suis associé, depuis qu'on m'a planté, ne m'ont jamais vraiment renseigné sur moi. Le « moi » d'un arbre, d'abord, qu'est-ce ? L'instinct de survie, l'élan de croissance, l'empathie avec l'entourage, les conflits d'espace et d'espèces, la connaissance des alliés, des parasites, des prédateurs et l'activité qui en découle ? Ou bien la simple contagion de votre ego ?

Un arbre n'a d'autres sentiments que ceux qu'on lui confie. D'autres émotions que celles qu'il perçoit. D'autre angoisse que la prémonition des tempêtes, des incendies, de la sécheresse et des bûcherons. Mais cette angoisse-là, commune avec les animaux, n'a pas la même origine que la vôtre. Ce n'est pas la perte de nous-mêmes qui nous obsède, c'est la rupture d'une harmonie. L'arrêt des échanges avec les oiseaux, les insectes, les champignons, les jardiniers, les poètes ; la fin des interactions qui nous lient au soleil, à la lune, au vent, à la pluie, aux lois qui gouvernent la formation d'un paysage – ce que vous avez appelé successivement la nature, l'environnement, l'écosystème. Il y a chez un arbre qui meurt le souci de ce qui le remplacera. Le besoin que soient assurées ses fonctions, que soit repris son rôle, que soit comblé le vide qu'il laisse. C'est tout.

La nostalgie de ce qu'il a vécu, la tristesse de disparaître ne sont que des pensées contre nature que lui prête la sensibilité humaine. C'est du moins ce que j'éprouvais dans mes fibres avant d'être tombé. Un arbre déraciné se met-il soudain à réagir comme une personne vivante ? À moins que, semblable au lierre qui assure la persistance d'un feuillage sur le cerisier mort au fond du jardin, les pensées qui m'animent ne soient que le fruit d'une énergie de substitution qui s'est greffée sur ma dépouille. Si cette hypothèse se vérifie, je ne suis plus seulement une structure d'accueil, mais une caisse de résonance. Ceux qui m'ont aimé, vénéré ou maudit au fil des siècles se mettent à exprimer à travers ma conscience leurs émotions intimes, à bourgeonner, à éclore… Dégagé de mes fonctions vitales, je peux laisser libre cours à la mémoire qu'ils m'ont donnée. Ce serait ça, alors, la mort d'un arbre ? Aucun d'entre nous, aucun de ceux que le temps a fait tomber ou sécher alentour ne m'en a jamais fait part. Ou bien c'est moi qui n'ai pas su entendre.

Isolde est dans le même cas, me semble-t-il. Je ne reçois aucune information de sa part, et celles que j'essaie d'émettre vers elle ne rencontrent pas d'écho. Nous sommes en hiver, certes, privés de notre moyen de communication le plus rapide : le pollen. Mais l'empathie si forte entre nous, en trois siècles de croissance au même rythme, aurait dû lui déclencher au moment de ma chute une vibration de détresse. Une réaction de refus ou d'osmose… Un chagrin. Non ?

Non. C'est le sentiment humain qui, à nouveau, déteint sur ma nature. Les arbres entre eux ne se *manquent* pas ; ils se nourrissent de l'absence de leur prochain. Sans moi, elle aura plus de soleil, plus d'eau, plus d'espace. Quant à sa fécondation, les abeilles feront davantage de chemin, c'est tout. Les premiers poiriers à proximité sont des torturés captifs, maintenus par des barbelés derrière l'école du village. Des espaliers, comme on dit – une lignée de jeunots dotés d'un pollen bien plus riche que le mien. Isolde gagnera au change. La nature influence les poètes, mais la réciproque est rare : être surnommés Tristan et Isolde n'a pas fait de nous un couple.

J'ai toujours été son dominant, sauf durant la période hertzienne. En 1965, le docteur Lannes a acheté une télévision, ce système qui remplace chez les humains la transmission de pensée. L'installateur a posé une antenne sur le toit de la chaumière, mais ce n'était pas assez haut : la forêt en cuvette faisait écran aux ondes. Alors il a calculé le meilleur angle de réception possible par rapport à l'émetteur, et il est monté fixer l'antenne au sommet d'Isolde. Pendant près d'un demi-siècle, elle a été plus importante que moi, car elle portait la source d'information, de divertissement, de culture. Dès qu'un coup de vent déplaçait l'antenne, l'électricien grimpait jusqu'à la plus haute branche pour la remettre dans l'axe.

Moi, je n'avais plus d'utilité précise. Je ne servais qu'à produire de petites poires immangeables qu'on se contentait de tondre quand elles tombaient dans l'herbe. Fini le temps de l'alambic, les bouilleurs de cru qui venaient s'installer dans le jardin, avant guerre, pour faire de mes fruits ce délicieux alcool grâce auquel je voyageais dans l'ivresse des gens du village – désormais c'était compote pour mulots, voilà tout.

Isolde m'avait supplanté. Même si je conservais l'avantage de la balle allemande, ce n'était qu'une supériorité passive, un mérite issu d'un dépôt du passé qui ne me rendait pas plus utile qu'un meuble. Si les époux Lannes recevaient le monde sur leur petit écran, c'était grâce à Isolde. C'est elle qui attirait le regard, c'est sur elle qu'on effectuait une taille annuelle autour de l'antenne, c'est pour elle qu'on craignait les écureuils, le poids des corbeaux, la neige et les tempêtes.

Et puis, comme souvent chez vous, la peur de l'événement finit par le déclencher. Votre fameuse tempête de la fin du XXe siècle fut le fruit de vos angoisses millénaristes, focalisées sur un bogue informatique qui n'eut pas lieu. Une fois émise à l'échelon de la planète, la peur est une énergie qui doit trouver un transformateur ou retourner à la terre – c'est nous les arbres qui avons servi de fusibles. Et, si je n'ai perdu

18

que quelques rameaux secs, le vent a cassé au
ras de la fourche la plus haute des maîtresses
branches d'Isolde – celle qui portait l'antenne.

Le docteur Lannes la fit débiter, et installa
une parabole sur le toit – la télévision fonc-
tionne désormais sans poirier. Isolde n'est plus
que la moitié d'elle-même, une survivante mai-
grelette et difforme qui ressemble à une canne,
mais ne soutient plus rien.

J'étais redevenu son dominant. Et voilà qu'à
présent j'agonise couché à son pied.

La présence

Hormis la brève apparition du facteur, mon premier jour à terre est passé sans personne. L'habitude de vivre en compagnie des humains m'a insufflé leur conception des heures, mais quand ils ne sont plus là je perds cette notion de la durée ; je ne reprends conscience du temps écoulé que lorsqu'ils sont de retour.

C'est au clair de lune qu'une présence me ramène à mon état actuel. La fille des voisins. Ceux qui ont porté plainte pour qu'on m'abatte, de peur que je tombe sur leur jardin – hypothèse fort improbable vu la déclivité du terrain et les vents dominants ; j'en apporte aujourd'hui malgré moi la meilleure des preuves.

Je pense qu'ils sont jaloux, en fait. Depuis qu'ils ont emménagé, leur enfant ne s'intéresse qu'à moi. Je suis le seul à qui elle parle. Le jour de leur arrivée, avant même de faire connaissance avec sa nouvelle maison, elle était venue vers moi. Pendant que ses parents installaient leurs meubles, elle avait poussé le vieux portail sans serrure pour marcher droit dans ma direction. Je m'étais rarement senti aussi beau, aussi rare, aussi important dans le regard d'un humain. Je n'étais pas le plus haut du secteur, mais j'étais en fleurs – le seul du jardin, au moment où les forsythias, s'épuisant à me prendre de vitesse, venaient de se faner. Isolde ne pouvait éclore qu'une semaine après moi, à cause du soleil que je lui tamisais.

La petite fille était maigre et voûtée, toute refermée sur elle-même comme un bourgeon qui a connu le gel. Avec timidité, elle avait caressé mes branches basses, respiré mes fleurs sur bois nu, trop poivrées pour son nez de citadine. Elle avait éternué, et les capteurs de mon écorce avaient analysé l'information. Elle était en bonne santé, malgré ses poumons pollués de gaz carbonique et de substances inconnues en forêt. J'ai vu dans ses pensées qu'elle arrivait d'une ville en clapiers, que j'étais son premier. Son premier arbre sauvage, son premier copain de la campagne, son premier confident. Le symbole de sa nouvelle vie. Un prince au bois dormant qui lui offrait des fleurs. L'une d'elles se détacha et vint se poser sur sa main.

C'était trop de joie pour elle. Elle avait éclaté de rire. Un rire d'éblouissement, de libération, de découverte.

— Qu'est-ce que tu fais là, Manon ?

Ses parents étaient venus la chercher, inquiets. Le père avait dit qu'il ne fallait pas entrer comme ça chez les gens, même s'il n'y avait personne. Elle continuait à s'esclaffer. La mère s'était affolée.

— Mais qu'est-ce qui lui prend ? Elle ne rit jamais.

Depuis, ils se méfiaient de moi. Ils lui interdisaient de m'approcher. Il faut dire que les ragots de leur plombier ne m'avaient pas épargné. J'avais mauvaise réputation, au village. La mémoire collective, à force de m'associer à tous les drames du coin, avait fini par m'en tenir responsable. J'avais brûlé une sorcière, pendu des prêtres, suicidé un poète, estropié un Anglais, fusillé un enfant... Sans compter l'élagueur que j'avais fait tomber la tête la première dans le coma, d'où il n'était toujours pas ressorti. J'avais le mauvais œil. J'étais hanté. Les longues discussions que le docteur engageait avec moi, en m'appelant Tristan, n'arrangeaient

rien. Le plombier l'avait vu demander mon dia-
gnostic sur ses patients, solliciter mon aide,
prier pour leur rétablissement en se collant à
moi. Quand je ne portais pas malheur aux gens,
je les rendais fous.

Pour toutes ces raisons, la Manon des voisins
ne pouvait me fréquenter qu'en cachette, lorsque ses parents n'étaient pas là et que sa grand-
mère venait la garder. Le reste du temps, elle
me contemplait par la lucarne de sa chambre.
Elle m'envoyait ses pensées à distance.

J'en avais porté des secrets, en trois siècles,
mais le sien était particulièrement lourd. J'étais
le seul à connaître le son de sa voix. Le seul à
savoir pourquoi elle ne parlait plus aux
humains. Ils croyaient que ça relevait de
l'autisme, et ce n'était que de l'obéissance. « Tu
ne diras jamais rien ! » avait supplié le père, des
années plus tôt, en la couvrant de larmes et de
baisers. Elle avait promis d'un signe de tête. Il
était si malheureux de ce qu'il venait de lui
faire. Ce souvenir s'était muré en silence au plus
profond d'elle-même ; il s'était fait oublier,
mais les mémoires désactivées sont toujours les
premières que je capte. Une question de densité.

Elle chuchote :

– Papa… Mon papa… Ce n'est rien, n'aie pas peur.

À genoux sur ma souche, Manon caresse les brisures en me rassurant, comme on le fait pour les oiseaux tombés du nid. Elle m'appelle papa depuis qu'on se connaît. Elle a fait de moi un père de remplacement, un père de secours, un père de confiance. Parce que je suis immobile, que je suis toujours le même avec elle. Je n'ai pas de face cachée, je ne lui demande rien et elle se sent aimée sans peur des conséquences. Aucune raison que ça change – d'abord il y a un pacte entre nous. Un pacte de sang et de sève. C'est contre mon tronc qu'elle a eu pour la première fois, l'été précédent, ce que les femmes appellent des règles. Elle était si affolée, si désespérée que, par empathie, l'un de mes canaux s'est rompu.

– Tu ne *peux pas* mourir !

C'est une certitude autant qu'un ordre, et cela me fait un bien fou. À l'instant où Manon me rassure, je comprends combien je paniquais.

– N'aie pas peur, mon papa, je suis là… Tu as compris ? Je reviens.

Elle est de retour. Elle tient des outils. Elle commence à taper sur ma souche, à scier, raboter. Je ne sais pas ce qu'elle fait. Je ne comprends pas l'image que transmet sa pensée. Je n'arrive pas à traduire ses intentions. Les vibrations sont bonnes, mais sans cohérence pour moi. Elle veut me réparer, m'égaliser, me tailler à la base ? On ne dirait pas une activité utile ; elle l'accomplit sans objectif concret, sans raison matérielle. Cela s'apparente davantage à la spiritualité qu'aux travaux de jardin. Son état d'esprit est proche du religieux, mais je ne connais pas ce rituel. On ne me l'a jamais fait, ni à Isolde, ni aux autres occupants du jardin : la mémoire de cette action n'existe pas en nous.

Elle murmure :

— Je vais me faire belle pour toi.

— Manon ! Où tu es ? Manon !

La grand-mère a découvert son absence. La petite ramasse ses outils, et s'éclipse en murmurant :

— Sois sage.

Je ne sais pas ce que ça veut dire, mais le ton est agréable.

La nuit

Ma première nuit couché. Contacts répétés de mes ramures avec ceux qui jusqu'alors n'avaient fréquenté que mes racines : les vers de terre, les fouisseurs, les taupes... Des écureuils me longent, perplexes, grimpent sur leurs branches familières qui ont changé d'orientation : les verticales sont à présent parallèles au sol et les horizontales se dressent vers le ciel. Le vieux hibou a décrit des cercles autour de moi, avant de partir en quête d'un autre abri : la cavité où il logeait se trouve sur ma face contre terre, inaccessible. Les chauves-souris me frôlent, mémorisent par leur sonar mon nouvel emplacement dans le paysage. Je brouille les repères du jardin. Je dérange.

Toujours aucune information en provenance d'Isolde. C'est normal. Trop de choses nous ont séparés pour que ma chute nous rapproche. Sa greffe, en premier lieu. Sous Louis XV, on lui a enté des scions de Messire-Jean qui ont donné des poires très supérieures aux miennes pendant plusieurs générations, avant qu'elle ne souffre du manque de lumière. Je lui volais le soleil, tout en prenant ombrage des attentions qu'on lui témoignait – jusqu'à la tempête qui lui fit perdre aux yeux des humains tout à la fois son esthétique et sa fonction. Dérangés par sa vue, depuis, les regards se détournaient pour m'admirer. Que se passera-t-il, maintenant ? Privée de notre symétrie au milieu du jardin, elle leur paraîtra plus moche encore. Peut-être finiront-ils par la couper, et ce sera à cause de moi. De mon absence.

Isolde. Je crois que je n'ai rien à attendre d'elle. Si je pourris sur place, elle profitera de mes nutriments qui enrichiront l'humus. Si l'on m'évacue, elle jouira de l'espace libre. Dans les deux cas, mon souvenir n'aura que faire en elle. Tant que des humains le solliciteront, il répondra présent. Je dépends de vous, désormais, frères mobiles et changeants, de vous seuls. Du moins je le crois. Je n'ai plus d'autre avenir que votre passé.

J'aimerais que Yannis Karras, l'homme en train de reconstituer mon historique, me découvre avant le docteur Lannes. Parce qu'il est jeune, et que je ne suis pour lui qu'une relation de travail. Il a d'autres arbres dans sa vie ; il surmontera le choc. Il pourra préparer mon vieux propriétaire à l'épreuve qui l'attend…

Je ne connaissais pas cette angoisse. Faire de la peine. Me sentir coupable par avance. C'est curieux : à mesure que se raréfient les informations transmises par l'unique racine qui me relie encore au sol, on dirait que je suis davantage perméable aux émotions des humains hors de portée. Je les *sens* mieux.

Voilà que je pense à l'élagueur. Ou bien c'est lui qui pense à moi, et me fait revivre sa chute. Nos détresses communient à distance. C'est la première fois qu'une telle chose m'arrive, en dehors de mon périmètre. Est-ce dû à mon état modifié de conscience, ou au sien ?

Il tombe, il tombe sans fin, retarde le moment de l'impact pour avoir l'illusion de voler. Je ne figure pas dans son rêve. Il n'y a que lui et le ciel. Ce n'est plus un souvenir commun : c'est son inconscient qui retravaille l'événement pour en nier les conséquences. Je ne peux rien pour lui, et il ne peut rien pour moi. Combien de temps vont durer nos comas respectifs ? Ces

fausses morts préventives, ces apparences trom-
peuses qui finiront par devenir vraies…

Le fait qu'il n'associe plus la rupture de ma
branche à sa chute signifie qu'il m'a pardonné,
peut-être, d'avoir été la cause de son drame.
Alors je fais de même. S'il m'avait taillé moins
sévèrement, l'hiver d'avant, il n'aurait pas laissé
entrer aussi profond dans mon aubier cette vermine inconnue, ce parasite exotique venu des
meubles de jardin qui, au fil des ans, a affaibli
mon système immunitaire avec une ampleur
que je ne mesure qu'aujourd'hui.

Adieu, élagueur. Nous sommes quittes.

La découverte

La voiture s'est arrêtée devant la boîte aux lettres. Georges Lannes jaillit d'un bond, pousse le vieux portail gonflé par la pluie, et se précipite vers moi.

— Tristan !

Son appel déchirant résonne parmi les cris de corbeaux et les gloussements de faisans.

— Ce n'est pas vrai, non... Ce n'est pas possible !

Son pas ralentit, ses larmes jaillissent, ses genoux touchent le sol. Il étreint mes branches.

— Tristan...

Sa voix n'est plus qu'un sanglot répétant ces deux syllabes en saccade. C'est la mère de ses enfants qui nous avait donné jadis ces noms humains, Tristan et Isolde. Des amoureux de légende qui vivent enfin leur amour dans la mort. Pour l'instant, la référence produit autant d'effet que lorsqu'on m'avait baptisé « Le Tronc de la Sainte Vierge » ou « L'Arbre de la Justice ». Quand Georges Lannes prononce « Tristan », je ne vois que moi dans sa voix. Je perçois son état d'esprit, pas les vibrations associées au prénom.

Sa femme le rejoint, l'aide à se relever. Il hoquette :

— Pourquoi ? Pourquoi ?

Il y a tant de questions dans ce mot. Pourquoi moi, pourquoi aujourd'hui, pourquoi en son absence, pourquoi de son vivant ?

— Appelle le jardinier, Hélène, on va le redresser, le replanter, on va le sauver…

— On ne peut pas, Georges, calme-toi. Regarde : il n'a plus qu'une racine, le tronc est cassé à la base. Et toutes ses belles branches sont brisées…

— Qu'est-ce que c'est que ça ?

Il s'est approché de ma souche, désigne l'espèce de forme humaine que Manon a commencé à me donner au niveau de la cassure.

— Viens, Georges, ne reste pas là. Il fait froid, il faut que tu te reposes…

Il se laisse faire, pantelant, courbé, vieux géant rétréci par le chagrin. Elle l'entraîne dans

32

la chaumière. Et je reste seul avec ce qu'il éprouve. Sa révolte, son impuissance, sa détresse, son sentiment d'abandon.

Je l'ai laissé tomber.

Adieu, Georges. Il ne faut pas m'en vouloir, je ne suis pas maître du temps, tu le sais. Je souhaitais de toutes mes fibres adoucir ta fin, et la mienne est si brutale. Mais fais de moi un souvenir heureux. S'il te plaît.

J'ai absorbé tes chagrins, tes prières, tes joies, tes passions, tes douleurs. Tout ce que tu m'as confié. Tu m'as chéri, soigné, démoussé, débarrassé des nids de frelons. Je t'ai renvoyé l'énergie que tu me donnais. Pour certaines de tes requêtes, j'ai exercé l'influence qui était à ma portée. Il y a des choses que je ne pouvais pas faire : dévier le couloir aérien qui pollue ce silence dont tu as tant besoin, améliorer le destin de tes amis, sauver tous tes patients, te rendre ton fils... Mais j'étais là, pour accompagner le bout de chemin que tu faisais autour de moi. Tu m'avais annoncé comme une bonne nouvelle qu'après ta mort, on te répandrait à mon pied sous forme de cendres. Et c'est moi qui vais me consumer dans ta cheminée.

Je regrette, Georges. J'aurais porté ton deuil sans dommage, mais toi, que feras-tu du mien ?

Le critique

Il m'arrive quelque chose d'extraordinaire. Ma conscience vient de quitter le jardin. Pas seulement à travers une image du passé déformée par un rêve, comme avec l'élagueur. Non, cette fois, c'est comme si l'on m'avait brusquement replanté dans un autre lieu, au cœur d'une chambre à coucher.

Des échantillons de mon bois parsèment une table encombrée. Des photos de moi à chaque saison s'échappent d'un dossier marqué « *Pyrus communis* – Préval ». De toute évidence, je suis chez Yannis Karras. Il est en compagnie d'une jeune femme qu'il a rencontrée la semaine dernière, tandis qu'elle effectuait des tests de perméabilité dans le sol autour de moi.

J'ignore comment et pourquoi je me retrouve dans ce décor étranger, cet événement distant. Autant que je puisse en juger, ils sont en train

de faire l'amour. Ça n'a rien à voir avec ce que
je connaissais de la chose. Rien à voir avec les
viols et les étreintes à la sauvette qui ont pris
mon tronc comme point d'appui au fil des
siècles. La douleur, la colère, l'impatience ou la
peur étaient les seules vibrations que j'associais
jusqu'alors à la sexualité humaine – hormis les
sentiments naïfs et denses, mais trop abstraits,
des quelques amoureux qui gravèrent leurs ini-
tiales dans mon écorce.

Là, c'est une explosion d'énergie sous
contrôle ; un phénomène comparable à l'accélé-
ration des fonctions vitales au début du printemps, quand ma sève ascendante bouillonne
d'enzymes pour s'insinuer dans mes conduits.
Sauf que j'étais seul chaque année à provoquer,
ressentir, savourer jusqu'à l'épuisement la jubi-
lation de cette effervescence – là, ils sont deux
à faire printemps commun, à unir leurs forces
vives qui s'alimentent, s'harmonisent, se sus-
pendent par à-coups pour mieux se réaccorder.
Et ma conscience participe de leur chimie
amoureuse.

Mon mode de perception est étrange, complètement nouveau. Jusqu'alors, je me connectais,
à l'occasion, aux animaux, aux champignons, aux
humains en lien avec moi pour connaître leur

point de vue. Il m'arrivait de voyager sous forme de fruit, au temps où l'on me cueillait encore, ou bien dans le bec d'un volatile chapardant mes brindilles. Je partageais brièvement l'action de l'oiseau construisant son nid, celle du consommateur dégustant la poire. Je voyais le monde à travers leurs yeux. Ça me faisait des vacances, comme ils disent ; ça me dépaysait.

Mais à présent, je ressens leurs émotions à l'intérieur d'eux-mêmes, et sans le vouloir. C'est très fort, cette empathie. J'en avais eu l'avant-goût avec les insectes nuisibles, quand mes ondes s'efforçaient de pénétrer leur structure pour apprendre comment les éradiquer. La différence est que là, je ne fais rien. Je suis juste accueilli dans une espèce de tourbillon, où je n'ai qu'un rôle de témoin passif.

Le changement de position des amants, leurs variations de rythme me font passer d'une saison à l'autre, de la plénitude fébrile de l'été au lâcher-prise de l'automne, du temps suspendu de l'hiver au redéploiement du printemps, comme si je revivais ma vie en accéléré par le travail de leur plaisir qui s'achève soudain dans un accord de jouissance – un peu moins plaisant pour moi, à cause de leurs cris montant vers l'aigu à la façon d'une tronçonneuse.

Le silence retombe sur leurs corps imbriqués, leur essoufflement qui s'apaise. Je ne sais ce que je fais dans leur intimité, mais c'est le premier ressenti agréable depuis que ma conscience est débranchée de ses fonctions. Presque aussi agréable que le contact des abeilles s'imprégnant du pollen de mes étamines.

— Dis donc, t'étais combien, là ? s'informe la jeune femme.

— C'était super, confirme-t-il, sobre, en lui caressant la fesse gauche.

— T'as eu un message, ajoute-t-elle avec un geste du menton vers le téléphone portable qui clignote sur la table de chevet.

Yannis allonge le bras, actionne les touches à l'aveuglette, colle l'appareil à son oreille sans se retirer de sa femelle.

— Non, c'est pas vrai, non ! crie-t-il en bondissant du lit.

La terminaison de son sexe en dérivé de caoutchouc ballotte jusqu'à son bureau où il s'effondre, les coudes sur mes photos, la tête dans les mains.

— Un problème ? demande gentiment la fille.

Il ne répond pas. Il regarde les rapports d'expertise, les documents d'archives, les résultats de prélèvements, les fourchettes de datation. Le docteur Lannes vient de lui annoncer que je suis tombé. Est-ce la pensée de mon propriétaire qui m'a projeté ici ? Un arbre déraciné devient-il une conscience nomade, indépendante de sa volonté ?

— Tout ça pour rien ! soupire Yannis en abattant son poing sur mon dossier.

C'est un peu court, comme éloge funèbre, mais je comprends sa déception. Il a tellement bataillé avec Georges Lannes pour faire de moi une star. Yannis est critique d'arbres. Il écrit des livres sur nous ; il nous photographie, nous répertorie, nous sélectionne, nous décrit sur du papier en provenance d'espèces moins intéressantes que nous. Je devais figurer dans la prochaine édition. Ça n'aura pas lieu. Pour être classé dans les Arbres remarquables de France, il faut être vivant. Debout, du moins. Présentable. Un but de promenade.

J'aime bien Yannis Karras. C'est un jeune homme heureux, qui plaît et qui se passionne, aussi généreux qu'égoïste. Un des rares humains à être bien dans sa peau, avec ses épaules taillées en haie de thuyas, ses longs cheveux châtains retombant en cascade comme la vigne vierge qui descelle les tuiles du garage, ses yeux pareils aux lilas bleus qui démantèlent les murs autour de la chaumière. J'adorais ses vibrations légères, son attitude envers moi. Il est avec les arbres comme il est avec les femmes : infidèle et constant. Il nous aime tous, il nous admire, nous collectionne, nous raconte à ses amis et nous comprend de travers, mais ça n'a pas d'importance. Ce qui compte, c'est ce qu'il apporte. Une allégresse entraînante, de l'attention flatteuse, du rêve à court terme qui arrête le temps. Il nous trouve nécessaires, pas seulement parce que nous donnons de la vie, de l'air et du plaisir, mais parce que le fait de nous aimer le rend meilleur à ses yeux. Plus il aime, mieux il aime, pense-t-il. Ses femmes ne sont pas toujours d'accord. Nous, si. Moi, en tout cas.

Grâce à lui, grâce à ses connaissances, sa curiosité, son enthousiasme, j'ai découvert comment se comportent certains congénères dont j'ignorais jusqu'à l'existence. Tandis qu'il me photographiait sous tous les angles, qu'il me grattait les mousses et l'écorce, qu'il effectuait ses prélèvements, qu'il sondait mon aubier jusqu'au bois de cœur pour me dater, je le sondais, lui aussi. Je scannais sa mémoire, à la manière des appareils qu'il installait autour de moi.

Il m'a fait voyager bien plus que les poètes, les guerriers, les mystiques et les aventuriers qui m'ont côtoyé en trois siècles. Car il m'a fait voyager au sein de mon espèce, en m'ouvrant des horizons insoupçonnés. Il m'a emmené plus loin encore que le botaniste anglais qui m'expliqua jadis mon fonctionnement – tout ce que j'effectuais sans le savoir.

Avec lord Hatcliff, j'avais appris que je fabriquais des hormones pour stériliser les punaises, que j'augmentais la teneur en tanins de mes feuilles pour empoisonner les chenilles quand elles en mangeaient trop, et que j'échangeais avec mes semblables, jusqu'à une distance de six mètres cinquante, des messages d'alerte grâce à l'éthylène, un gaz très simple ne comportant que deux atomes de carbone. Ça me faisait une belle branche. Lord Hatcliff me connaissait par cœur : tout ce que je sais sur moi, c'est à lui que je le dois – mais à quoi sert de mettre des noms humains sur un processus végétal qui s'accomplit tout seul ? Ses lumières ne m'avaient guère éclairé l'horizon ; je restais soumis aux influences combinées de mes gènes, du passé, des passants et des environs immédiats.

Avec Yannis, en revanche, j'ai connu le palmier des Andes qui se déplace de son plein gré, en formant des racines apparentes qui le tirent vers un meilleur ensoleillement. J'ai partagé l'exploit du figuier étrangleur qui, simple graine, se fixe sur un tronc de dattier, développe discrètement une tige pendante qui se plante dans le sol, pompe les sucs nutritifs de son hôte, puis l'étouffe peu à peu en prenant sa place. J'ai envié le destin des ifs amoureux de La Lande-Patry, qui durant mille ans ont poussé l'un vers l'autre jusqu'à unir leurs troncs autour d'une cavité commune. Et j'ai vibré à l'histoire de notre doyen national, l'olivier de Roquebrune. Planté sous l'empereur Néron, honoré par Charlemagne qui fit la sieste à l'ombre de sa ramure en 787, il allait être abattu le 11 octobre 1920 par ses propriétaires, des marchands de bois, quand il fut sauvé in extremis pour mille cinq cents francs par un retraité, Gabriel Hanotaux, ancien ministre des Affaires étrangères.

Évidemment, celui qui me touche le plus, dans l'état où je suis à présent, c'est le châtaignier d'Abbaretz, dans le département de la Loire-Atlantique. Il a cessé de vivre en 1985, âgé de neuf cents ans, mais ses branches monumentales, appuyées sur le sol, se sont enracinées

pour renaître sous la forme d'arbustes identiques entourant sa dépouille. Maintenu debout
grâce à la descendance qu'il s'est créée par clo-
nage, c'est le héros posthume à qui Yannis dédie
son livre.

Sans aller jusqu'à la jalousie, le plus conta-
gieux des sentiments humains, ce destin m'inspire une certaine tristesse. La possibilité de se
survivre ainsi n'est pas inscrite dans mes gènes,
et j'ignorais qu'elle existât. Se sentir inutile et
gênant, attendre d'être débité, refendu, évacué
pour débarrasser le paysage, c'est le pauvre sort
des arbres domestiques. Si j'avais été au milieu
d'une forêt livrée à elle-même, je me serais
décomposé tranquille, à mon rythme, alimen-
tant les végétaux voisins, m'assurant une pos-
térité enrichissante pour eux.

Quel avenir peut-on espérer sous forme de
bûche ? Ressent-on un peu de chaleur quand on
réchauffe les autres ? Je ne sais même pas si je
serai un bon combustible. Ma seule véritable
expérience en ce domaine est si détestable – tout
mon bois sec prélevé pour alimenter le bûcher
d'une prétendue sorcière – que j'ai toujours très
mal vécu le rôle intermittent d'allume-feu
dévolu à mes brindilles. Encore étais-je mélangé
à du pin, du frêne, de la cagette et du journal

par les différents propriétaires de la chaumière, ce qui brouillait ma perception.

Mais lorsque je ne serai plus qu'un tas de bûches, ma mémoire, que deviendra-t-elle ? Aura-t-elle été débitée au hasard, ou bien tous mes souvenirs répondront-ils présent dans chaque tronçon ? J'ignore ce qui serait le plus profitable : que ma conscience se dessèche dans la remise à bois, qu'elle parte en fumée ou qu'elle demeure en suspens dans une racine oubliée. J'ignore ce qu'on attend de moi. J'ignore si l'on attend quelque chose.

Quand Isolde a perdu la moitié d'elle-même, c'était un hiver de grand froid, les marchands de chauffage étaient en rupture de stock, alors le docteur Lannes avait donné à la mairie les vingt stères de bois tombé, que les agents municipaux avaient charriés hors de ma portée. Si les bûches d'Isolde s'étaient consumées dans la cheminée de la chaumière, j'aurais peut-être pu capter des informations par retombées gazeuses – mais de toute manière, quand l'arbre est en activité, il se fout de son bois mort. Sauf le jour où, dans mon cas, ce bois mort servit à brûler vif.

Quoi qu'il en soit, quand on m'aura débité, je saurai. À moins que le docteur Lannes décide de me laisser une chance de survie à l'horizontale. J'ai senti passer l'image dans sa tête, quand il a caressé la mince partie d'aubier qui relie encore mon tronc brisé à ma souche. Ce ne serait que de l'acharnement thérapeutique. Non seulement la seule racine qui me reste n'aura jamais les moyens de prolonger mes fonctions, mais je bouche l'allée, je suis en morceaux et je fais peine à voir – c'est insupportable pour moi de me ressentir ainsi dans le cœur des gens. Me garder gisant comme un vestige, ce serait déshonorer ma mémoire. Dans un coin de forêt impénétrable, soit, mais pas là, au milieu d'un jardin conçu pour l'harmonie depuis des siècles. Ce serait une absurdité, inesthétique et douloureuse. Que ceux qui m'ont connu ferment les yeux et me réinventent, c'est tout ce que je demande. Partir dignement, comme vous dites.

– Qu'est-ce qui se passe, Yannis ?

Il secoue la tête en soupirant. Les mots finissent par franchir ses lèvres :

– Le coup de vent de lundi soir. Le poirier que je suis en train de faire classer n'a pas résisté.

– Ah merde, commente la jeune femme.

Elle croise les jambes en signe de condoléances, toujours nue sur le couvre-lit, avec ces sortes de filets anti-oiseaux qui protègent sa peau jusqu'à mi-cuisses.

— Remarque, en ce qui me concerne, ajoute-t-elle pour le réconforter, ça tombe bien. Je te l'ai dit : c'est l'emplacement le plus rationnel pour enfouir la fosse toutes-eaux.

— Julie, écoute…, dit-il d'un ton de reproche navré. C'était un tricentenaire, une vraie rareté pour son espèce. Tu te rends compte qu'il a été planté sous Louis XV ?

— Chacun son boulot. Un arbre c'est un arbre, mais il faut bien que les sans-égout appliquent la loi sur l'Eau. D'abord, si leur épandage avait été correct, il serait peut-être encore debout, ton poirier.

— Ne dis pas n'importe quoi, Julie. C'est le vent qui l'a fait tomber, pas les eaux usées !

— Viens que je te console…

Il hésite, pris de court, puis la rejoint sur le lit. Évidemment, elle n'a pas la même sensibilité que lui. Elle travaille à la direction de l'Assainissement, elle est inspectrice en chef des fosses septiques. Elle va chez les gens pour étudier leurs installations sanitaires, leur montrer qu'ils ne sont pas aux normes et leur présenter un devis. D'après l'image qui a jailli de ses mots, ce sera une cuve à jus de vaisselle et fermentation d'excréments qui occupera l'emplacement de mes racines. Quel effet cela aura sur ma conscience posthume, je l'ignore.

Me revoilà dans le jardin. Les amants ont cessé de penser à moi, et m'ont rendu ma liberté. Ou bien c'est leur évocation de ma dépouille qui m'a ramené sur place. Le soleil est déjà en train de se coucher. Avachi sur un pliant, enroulé dans un plaid, un bonnet sur le crâne, Georges Lannes me veille. Il fixe le coin d'écorce que chaque année il creuse au burin, consciencieusement, pour éviter que je ne me referme sur le projectile qui a tué son fils. Que va-t-il faire, maintenant ? Extraire la balle, ou découper autour d'elle un écrin ? Les deux images hésitent dans son esprit, parmi tant de moments douloureux ou non, tant de souvenirs en sursis que nous partageons peut-être pour la dernière fois.

— Yannis te rappelle, dit sa femme en le rejoignant, téléphone à la main. Tu devrais rentrer, Georges, il fait froid…

Il prend l'appareil sans un mot. La voix de Yannis est tonique : il lui présente ses condoléances, ajoute qu'il partage sa tristesse, mais qu'on doit faire une fête à ma mémoire.

— Une fête ?

Moi aussi, j'ai du mal à me représenter ce qu'ils évoquent. Ni l'un ni l'autre ne visualise suffisamment ; ça reste abstrait et je n'ai pas accès à ce domaine mental. Ce que les humains appellent une fête, d'habitude, c'est un rassemblement joyeux autour d'un événement. Une réunion de famille et d'amis. Georges Lannes n'a plus d'amis, sa première femme les a tous emportés. Quant à sa famille, elle ne vient qu'à Noël, pour les cadeaux. Yannis est le seul étranger qui se soit attaché à lui, depuis qu'il s'intéresse à moi.

— Rendons-lui hommage en le débitant, Georges. Il faut qu'on enterre sa vie d'arbre, comme on enterre une vie de garçon.

Les vibrations de cette phrase me produisent un effet singulier. Comme une immense gratitude que quelqu'un ou quelque chose éprouverait à travers moi. Il ne s'agit pas des sentiments de Georges, de Yannis ou d'Hélène. Peut-être un des morts de ma vie ? Ça n'est pas le petit Jacques, en tout cas. Son esprit n'est jamais resté lié à la balle qui l'a traversé.

Non, c'est une présence inconnue et pourtant familière. Parmi la centaine de voix entremêlées qui bruissent en permanence dans ma mémoire comme un souffle de vent, elle se distingue sans que je puisse l'identifier. Elle n'est pas de même nature que les autres. Elle ne correspond pas à un souvenir, une rencontre, une émotion captée. Elle diffuse une détresse ancienne, une sorte d'appel au secours dans un élan juvénile...

Enterrer ma vie de garçon. Qui cette phrase concerne-t-elle ? Et pourquoi éveille-t-elle un si grand espoir ?

La coupe

Si je survis au tronçonnage, ce qui va me manquer le plus, sans doute, c'est la solidarité. Tous ces liens créés de génération en génération avec les parasites dont je suis l'hôte. Je pense à *Zoophagus*, le champignon carnivore qui me protège des nématodes, ces saletés de vers destructeurs de racines. Dès que l'un d'eux passe à sa portée, il décoche un filament plein de glu qui l'étrangle par un nœud coulant, puis il l'absorbe et le digère. En échange, je lui fournis la matière azotée nécessaire au développement de ses filaments de chasse. Je pense aux fourmis qui m'alimentent avec des larves d'insectes, quand elles veulent augmenter la production du tissu végétal dont elles se nourrissent, et qui en retour me défendent contre celles de leurs congénères qui me sont néfastes, comme les *attas* coupeuses de feuilles.

Tout ce cycle est en train de s'interrompre pour aller se poursuivre ailleurs. Si ma conscience demeure, elle ne sera plus en lien qu'avec des pensées humaines, et ce sont des repères si peu fiables, des échanges si complexes. Il est tellement plus facile de comprendre le fonctionnement des champignons et des fourmis.

Trop de gens se succèdent autour de moi. La torpeur de la solitude valait mieux que cette agitation qui mobilise mon attention sans que je puisse m'y impliquer. Je ne sais pas résister au chagrin des êtres qui m'aiment, ce refus stérile qui me bloque pour rien dans leur présent.

Une seule personne me fait du bien : Manon, qui est revenue en douce pendant la nuit sculpter dans mon bois ce qui se met à ressembler à une femme. Cette évolution, sur laquelle je n'exerce aucun contrôle, est l'unique chose qui me donne l'impression d'exister encore dans un but. Tout le reste me conjugue au passé, ou me projette en avant sous forme de problème à régler. L'entreprise d'élagage, la direction de l'Assainissement, la compagnie d'assurances…

L'expert envoyé pour constater mes dégâts a refusé de « me prendre en charge », parce que je n'ai rien cassé chez les voisins. Je suis un « sinistre interne ». Et la minitornade fatale n'ayant pas été classée en catégorie tempête par Météo-France, les frais de débitage et d'évacuation ne seront pas couverts au titre des catastrophes naturelles.

Georges Lannes est venu me lire sa réponse à l'assureur, pour partager son indignation, me rendre justice.

– « Monsieur, j'accuse réception du rapport d'expertise concluant à la "non-couverture du risque afférent". Je n'ai ni le temps ni l'humeur d'éplucher ma police pour contester vos arguments, en revanche je récuse l'appellation de "sinistre" appliquée à feu mon poirier, en cours de classement officiel au titre d'Arbre remarquable de France, et en mémoire duquel je résilie par la présente le contrat Multirisques Habitation souscrit auprès de votre compagnie. Veuillez croire, Monsieur, à l'assurance de mes sentiments blessés. »

Il abaisse son brouillon que les larmes ont dilué et, d'une petite voix, assis sur mon tronc, il me demande :

– Ça te va ?

Je perçois la réponse qui résonne dans sa tête. C'est lui qui se la formule, comme chaque fois qu'il me tend l'oreille. Les hommes ne savent pas nous entendre, parce qu'ils ne savent plus regarder les images que nous leur envoyons. Pourtant nous émettons sur la même fréquence, puisque je vois ce qu'il dit.

D'un autre côté, nous les reconnectons avec leur voix intérieure, et c'est toujours ça. Entre un champignon ou une fourmi avec qui je communique sans problèmes et un humain qui se raconte des histoires, mon choix est clair. J'ai toujours privilégié la fiction à l'information pure. Question d'urgence : végétaux et animaux ne perdent jamais ce qui est gravé dans leurs gènes, tandis que les humains ont tendance à devenir des machines qui pensent mais n'imaginent plus. Les quelques individus qui ont su me faire rêver durant ma vie, je leur dois ma longévité. Parce que l'intelligence, la poésie, l'humour sont des nutriments aussi nécessaires pour moi que les protéines du sol. Vos mauvaises ondes m'affaiblissent, vos bonnes vibrations me renforcent. Un arbre ne cherche pas que la lumière. Du moins, il la cherche partout.

La coupe

*

Le jour est venu. Le jour des tronçonneuses, des scies et des brouettes. La famille est arrivée avant les bûcherons. Il fait un beau soleil d'hiver : le docteur Lannes a fait installer la vieille tente qui avait servi pour le mariage de ses filles. Il y a du chauffage au gaz, des buffets de victuailles, des nappes blanches, des chaises pliantes, de la musique qui essaie de couvrir le bruit des lames et des craquements. Un opéra de Wagner, pour tenter de faire oublier le massacre de ma structure et de mes harmonies.

Tandis qu'on me démembre, je me branche sur la famille et les pièces rapportées. Une anesthésie comme une autre. Je suis content de revoir Jacqueline, l'ex-Madame Lannes. C'est à elle que je dois mon ultime surnom. Elle m'a tant fait rêver avant de me haïr. Elle a tant chanté dans mes parages, j'ai tant aimé les vibrations de sa voix de soprano qui accéléraient le cours de ma sève. L'été, avant guerre, elle faisait de la confiture avec mes poires – une expérience inoubliable, si sensuelle et si douce, même si le résultat arrachait des grimaces à tout le monde. Jacqueline s'entêtait : ses confitures, c'était sa seule passion en dehors de l'opéra, et elle viendrait à bout de mon acidité comme elle triomphait des pièges d'une partition. Elle pelait, coupait, cuisait, remuait, ajoutait cannelle, vanille, anis étoilé, goûtait avec son doigt entre deux vocalises. Je n'ai jamais partagé une telle intimité avec des mains féminines – jusqu'à la découverte des sensations que me donne Manon quand elle crée dans mon bois des formes nouvelles.

La première Madame Lannes salue fraîchement la seconde, qui l'embrasse en la remerciant d'être venue. D'un regard en biais, elles comparent l'état de leur vieillissement. Deux conceptions différentes : l'une déridée à l'extrême comme un bois trop poli, l'autre en harmonie résignée avec ses nervures. Elles se détestent par cœur. Avant d'être la remplaçante de Jacqueline, Hélène fut sa psychanalyste. Une sorte de curé payant à qui elle confessait deux fois par mois ses non-dits et ses griefs conjugaux. Elle avait fait le deuil de leur petit garçon, elle, en mettant au monde deux filles – pourquoi Georges ne s'était-il jamais intéressé à elles ? Comme si accueillir le présent était pour lui une injure au passé. « Quand il n'est pas avec ses malades, docteur, il passe son temps à parler avec un poirier. Une variété sauvage sans goût, trop vieille, même plus bonne à faire de la confiture. Vous verriez comme il se colle à son tronc, comme il l'enlace, comme il le caresse, sous prétexte qu'il porte encore la balle qui a tué Jacques – je ne supporte plus ce lien fétichiste et morbide, je me sens niée, voilà, en tant que mère et en tant que femme, vous me comprenez, docteur ? »

À force d'entendre sa patiente déblatérer contre cet homme qui la trompait avec un arbre, la psy était tombée amoureuse de lui. En toute inconscience professionnelle, elle avait poussé Jacqueline au divorce, qui était la meilleure solution pour elle, et le résultat satisfait tout le monde depuis quarante ans. Parfaitement conservée par l'aigreur, Jacqueline continue d'assouvir son caractère de diva dans son rôle de chef de meute, manipulant l'affection intéressée de ses filles et de ses petits-enfants, qui pondent à tour de bras des rejetons qu'elle surgâte pour être portée aux nues.

De son côté, rajeuni par une épouse de vingt ans sa cadette, qui comprend ses refus et partage ses passions, Georges a retrouvé le goût de vivre au présent sans être infidèle au passé. Tout le bien que m'a fait sa résurrection, comment le lui rendre aujourd'hui? J'aimerais tant que notre relation perdure. En même temps, sa détresse m'affecte bien plus que l'attaque des tronçonneuses.

La séparation d'avec ma dernière racine, en deux coups de lame, ne m'a presque rien fait. Je suis déjà ailleurs. Parti dans les brouettes au fil de rotations incessantes jusqu'à l'auvent du hangar, où l'on me compose une nouvelle harmonie. Le tas de bûches monte, régulier, au cordeau. Mon bois rosé, refendu avec soin aux dimensions de la cheminée, prend des reflets nouveaux dans les yeux embués de mes amis. Pour les autres, je ne suis qu'un travail à terminer, un cubage, un coût horaire. Mais pour Georges et Yannis, mon tas de bûches, c'est un monument qu'ils érigent à ma mémoire. Et j'ai pu constater que cette mémoire est bien présente dans chaque tronçon détaché de ma structure.

Le plus désagréable est peut-être le broyeur qui réduit en sciure mes petites branches. L'information de croissance inscrite dans leurs fibres, l'information d'avenir, est une perte encore plus lourde pour moi que serait celle des souvenirs stockés au fil des siècles. Le gâchis, c'est pire que l'oubli.

Déjà ils rebouchent mon trou, sèment des graines de gazon pour que le jardin efface au printemps les traces de mon absence. Qu'adviendra-t-il de mes racines ? Pourrissement, surgeons ? Curieusement, ce n'est plus mon problème. Ne survivant pour l'instant qu'à travers l'attachement des vivants, je n'ai rien à espérer de cette part de moi qui leur fut invisible. Ma nouvelle architecture en stères sous l'auvent sera leur aide-mémoire.

Les photos, aussi. Mes photos. J'ai passé la nuit dernière dans l'émotion du docteur Lannes qui recensait toutes les images qu'il avait de moi. Pénible. Désespérant et vain. Autant ma présence mouvante dans son esprit, la refonte de mes formes par le travail de ses souvenirs pérennise nos liens et me donne un surcroît d'existence, autant les images mortes figées dans le passé bloquent mon évolution.

Mon évolution. C'est peut-être prétentieux, illusoire. J'ignore si je suis destiné à une quelconque évolution. Y a-t-il des saisons après la mort ? Survivrai-je à ma sève, à ma dernière bûche, à la disparition de ceux qui m'ont aimé ?

Mon seul point d'espoir, jusqu'à présent, c'est

la sculpture de Manon. Tout mon bois est appelé à la dégradation, la consomption, la dispersion des cendres, sauf l'œuvre d'art qui grandit dans l'esprit de l'adolescente et prend forme sous ses doigts – mon ultime croissance.

J'étais content, la nuit dernière, quand Georges Lannes a refermé son album de photos pour aller regarder à la fenêtre, attiré par le bruit du marteau. Pourtant Manon avait entouré le burin d'un chiffon, afin de ne réveiller personne. Georges a mis un manteau par-dessus sa robe de chambre, et il est sorti rejoindre ma petite sculptrice qui travaillait sous la lune, concentrée, lampe de poche fixée par un élastique à son bonnet de laine. Elle a voulu s'enfuir, mais il l'a retenue, l'a remerciée de sa présence, comme si elle était venue me veiller. Il s'est identifié à elle. Il lui a parlé des stylos qu'il taillait dans mes branches, autrefois, et qu'il offrait en cadeaux d'anniversaire à ses filles qui s'empressaient de les perdre.

– Tu es plus douée que moi. C'est une fée que tu sculptes ?

Elle a fait non de la tête. C'est elle-même, telle qu'elle se rêve quand elle sera grande, mais je suis seul à le savoir. Pour l'instant, on ne voit qu'une ébauche ligneuse en dents de scie, une forme d'épaules, l'esquisse d'une cambrure, des courbes irrégulières adoucissant l'arête de ma brisure.

– C'est très beau, en tout cas. Je pense que ça aurait fait plaisir à Tristan.

Elle a baissé les yeux. Elle m'en voulait de l'avoir abandonnée. Moi, son père d'adoption, son père de bois, le seul repère qui lui donnait confiance, je l'avais renvoyée à sa peur des hommes, à la solitude, au silence. Elle essayait de résister, d'espérer encore. Elle façonnait son image future dans mes fibres pour qu'il reste quelque chose de notre relation, quelque chose de vivant, de bénéfique.

J'avais peur d'être mis en pièces à l'aveu-glette, sans que les bûcherons prêtent attention à la sculpture qui prend corps. Mais, dès leur arrivée, Georges Lannes leur a donné des consignes précises. À coups de tronçonneuse et de scie circulaire, ils achèvent de ramener ma souche aux dimensions d'un socle.

Georges dépose avec soin dans une brouette l'ébauche de statuette, et va la porter chez la petite voisine. Les parents regardent de travers ce vieillard qui tourne autour de leur fille. Ils sont furieux qu'elle soit allée jouer dans son jardin sans leur permission. Pas question qu'il lui offre cette horreur pointue qui pourrait lui crever un œil : c'est plein d'échardes, c'est dangereux, c'est malsain, n'adressez plus la parole à notre fille ou nous portons plainte pour harcèlement.

Georges repart avec sa brouette, la tête basse. C'est le centième ou deux centième voyage que fait mon bois dans ce véhicule à brancards, mais ce retour-là est mon premier déchirement. La première véritable angoisse de *séparation*. Être coupé de mes racines, évacué de mon sol, délocalisé, je l'ai accepté, ça m'a laissé presque indifférent. Mais être privé de l'éventuel avenir que les mains de Manon me façonnent, je le refuse de toutes mes forces. Ça ne *peut pas* se terminer ainsi.

La fête

La brouette est restée devant la tente, sous le soleil. La famille a débouché du champagne, rempli les verres, trinqué à ma mémoire pour « remonter le moral de pépé », dit un gros enfant qui s'empressera de vendre la propriété à la mort de ses parents ; le futur est transparent dans le regard de ces gens.

Yannis prend la parole, relate mon historique qu'il a reconstitué dans les grandes lignes. Il lui manque le début, avant que j'arrive ici en 1731 à l'âge de quatre ans – il a retrouvé un document dans les archives, dit-il, donnant mes dimensions le jour où une nommée Catherine Bouchet m'a replanté devant la chaumière de ses parents, et il en a déduit ma date de naissance.

Moi aussi, j'ignore d'où je viens. Mes racines en ont perdu le souvenir dans leurs efforts pour assimiler un nouveau sol et s'adapter à lui. Je ne sais pas si c'est l'influence de Yannis, qui déplore cette zone d'ombre initiale dans l'inventaire de ma vie, mais c'est la première fois que mes origines me manquent.

Les paroles imagées du critique d'arbres m'aident à remettre un visage sur Catherine Bouchet, une femme sans âge qui pleurait toujours quand elle m'arrosait. Comme j'avais du mal à « prendre », contrairement à ma voisine, elle s'occupait davantage de mon bêchage, de ma taille, de la sélection de mes bourgeons. « Reste avec moi, suppliait-elle. Ne me quitte pas. » C'est elle qui mourut très vite.

Le marchand de fruits qui vint ensuite habiter la chaumière inversa la préférence. Trouvant ma congénère plus robuste, il la greffa en premier, obtenant les poires de catégorie supérieure qui assurèrent sa fortune. Quand ce fut mon tour d'être opéré, la foudre me tomba dessus, creusant le long de mon tronc une cavité dans laquelle les gens du village crurent reconnaître l'image de la Vierge Marie. Plus question de faire de greffe sur une œuvre du Ciel. Je devins béni, sacré, intouchable, avant que ça ne se retourne contre moi.

Yannis évoque le martyre des religieux pendus à mes branches sous la Révolution. Il revient en arrière pour raconter Jeannette, la jeune femme qu'on brûla avec mon bois « divin » parce qu'on la croyait sorcière. Puis il plaisante avec le souvenir injustement oublié du poète Mironte, qui dédia sous mes frondaisons des sonnets méritoires à sa muse Agrippine, qui ne rimait pas avec grand-chose. Les jeunes de la famille se marrent, et ces vibrations me font du bien, allégeant mon histoire si chargée de fureur et de violences.

Yannis redevient sérieux pour saluer la mémoire du capitaine Dreyfus, qui passa dans ma vie un dimanche après-midi. Il enchaîne sur Clarence Hatcliff, l'impressionnant botaniste dont il a découvert l'existence en travaillant sur mon dossier. Et il conclut par un hommage au héros de la famille, le petit Jacques, pour qui la guerre n'était qu'un jeu d'enfant.

Mais je ne suis plus vraiment là. Toute mon énergie s'est mobilisée, focalisée sur les parents de Manon qui viennent de quitter leur maison. Ma sculptrice est consignée dans sa chambre. « Tu es privée d'Auchan jusqu'à nouvel ordre ! » Un mouvement de rage a pris le contrôle de ma conscience. Ils roulent dans la forêt vers leur centre commercial. Que feront-ils de leur vie ? Ils détruiront Manon, comme ils l'ont commencé chacun à sa manière par les effets additionnés du viol et de l'aveuglement. Ils empêcheront notre œuvre commune, l'avenir auquel nous sommes destinés. Trop de forces ont concouru à notre échange actuel : ce gâchis n'est pas tolérable. Il ne s'inscrit pas dans l'ordre des choses. Il est contre nature.

J'en appelle aux puissances telluriques qui gouvernent le vivant, aux principes d'équilibre, de régulation, d'évolution mutuelle... Mais c'est la colère de Manon que je capte en retour, c'est tout – sa colère et ses images mentales. Une branche tombe, un coup de volant, la voiture s'encastre dans un tronc...

Applaudissements. Yannis replie ses notes, laisse la parole à Georges. Mon dernier propriétaire se lève, chausse ses lunettes, ouvre à une page cornée le vieux livre qu'il est allé rechercher dans sa bibliothèque, hier soir, pour le poser au milieu de mes photos. Je n'ai pas aimé les sentiments qu'il émettait en lisant. Et je sens qu'à l'oral, ce sera pire.

D'une voix noueuse, il déclare que Marcel Brion fut son patient, son ami, et surtout l'auteur de ces propos définitifs exprimés, dans *Château d'ombres*, par un surintendant des jardins :

— « Les arbres souffrent, et leurs maux ne sont pas toujours physiques. Il y a, chez eux, plus de souffrance morale que nous ne le soupçonnons, et ce sont les hommes, presque toujours, qui les contaminent, qui leur communiquent leur douleur. Car les hommes, si égoïstes dans leur joie, ont besoin de faire participer la nature tout entière aux malaises de leur cœur et de leur esprit. »

Il avale sa salive, relève les yeux dans le silence de ses descendants qui mastiquent. Il déplace son regard vers l'horizon du jardin que mon absence élargit. Et il poursuit :

— « J'ai vu des arbres empoisonnés par des hommes qui vivaient dans leur voisinage. Ils dépérissaient lentement, comme si leur substance vitale s'épuisait... »

Je ne suis pas d'accord, Georges. Quelle fausse perception tu as eue de nos rapports... Tu ne m'as fait que du bien. Du moins je le crois — en tout cas je le veux. Si jamais cet écrivain a raison, si mon déclin a participé du tien, alors tu n'y es pour rien et moi non plus : c'était dans l'ordre des choses. Les végétaux ne sont pas destinés à se protéger des sentiments qu'on leur confie, à battre des records de longévité solitaire en se fermant aux chagrins par principe de précaution. Ce qui compte, c'est que notre relation ait existé, Georges Lannes, pas qu'elle ait abrégé, le cas échéant, ma vie d'arbre sur pied.

Si tu m'as chéri comme la tombe vivante de ton fils, je ne m'en suis porté que mieux, plus riche d'une projection d'amour. Et ça t'a aidé à vivre. Ce qui te ronge à ton insu, c'est ce cancer indécelé à évolution lente qui, souvent, gâte ton bonheur conjugal par des sautes d'humeur qui ne sont que d'ordre chimique. Comme moi j'étais pourri de l'intérieur par cette moisissure exotique due à votre mobilier de jardin.

Tu vois, les sentiments ne sont pas en cause. Alors range ce livre et fais du feu. Chauffe-toi avec mon bois, pour que nous puissions continuer notre fusion douce, comme si de rien n'était. J'ai besoin de légèreté, Georges. J'ai besoin de rêve. De création, d'évasion, d'espoir. J'ai froid.

Ta tristesse est contagieuse, oui, c'est vrai, mais uniquement depuis que je suis déraciné. C'est maintenant que tu dois réagir, que tu dois me protéger contre ton désespoir, tes pensées toxiques. Ce n'est pas le deuil de ton fils qui me pose problème, Georges, c'est le mien.

— J'ai tué moralement ce poirier en y logeant ma souffrance, mes remords, mon incapacité à vous aimer à la place de Jacques. Je vous demande pardon. Je n'ai pas fait le choix de la vie. Je comprends que vous ayez tous été jaloux des sentiments que m'inspirait mon arbre.

D'un geste sec, il interrompt les protestations polies de sa famille, enchaîne :

— Je ne sais comment vous demander pardon, maintenant qu'il n'est plus là... Bien sûr, il y aurait un geste symbolique. Installer à sa place la nouvelle fosse septique, ainsi que l'administration le préconise. Mais je ne toucherai pas aux racines. Nous enfouirons la fosse derrière la maison. Je vous remercie d'être venus m'entourer, aujourd'hui. Je le montre mal, je le dis peu, mais je vous aime.

Il se rassied dans le silence. Sa première épouse secoue la tête, les yeux au ciel, la bouche crispée. La seconde aligne pensivement les légumes en bordure de son assiette. Les vieux enfants regardent ailleurs. Les plus jeunes se lèvent de table pour aller jouer sur des écrans de poche.

C'est fini ? C'était ça, « l'enterrement de ma vie de garçon » ? C'est tout ? Les conflits larvés qui pèsent sur cette famille ne font que renforcer mon sentiment d'exil.

L'exil, oui. Je suis devenu un étranger dans

le jardin, au cœur de ce paysage que j'ai dominé durant des siècles. Je n'existe plus pour mes congénères. Je n'aurais jamais pu imaginer le malaise qu'ils m'inspirent, maintenant que je ne suis plus qu'un tas de bois. Ces arbres debout, entiers, qui ne m'envoient aucun signe de reconnaissance.

Ai-je fait comme eux, ai-je fait souffrir par mon indifférence les ormes, les pommiers, le hêtre pourpre et les pins auxquels j'ai survécu ? Ou bien y a-t-il dans le secret de mes origines quelque chose qui me rend différent ? Plus sensible, plus réceptif, plus vulnérable... Mais Isolde a été replantée ici en même temps que moi : elle est certainement issue du même sol, de la même histoire, du même oubli. Je devrais au moins la sentir solidaire... Quand la pluie aura fait pénétrer ma sciure dans le sol, un contact se nouera-t-il avec ses racines ?

Non, je ne veux plus y penser. Je ne veux plus rien attendre des miens. Je ne suis plus de leur monde. Il faut en finir, couper ce lien caduc, ce concentré d'envie, de regret, de rancune qui m'empêche de me greffer pleinement sur un imaginaire pour continuer ma croissance. Georges est retourné dans le passé. Yannis a d'autres arbres en tête ; il doit s'occuper des vivants. Seule Manon peut m'offrir un avenir dans ses pensées créatrices. Je n'ai pas terminé mon rôle. Je veux exister encore. Je veux qu'on ait besoin de moi.

La voix

— *Tu m'entends ? C'est moi. C'est moi qui ai besoin de toi. Ne sois pas triste, je vais t'aider, moi aussi. Regarde-moi. Je cours, je joue, je suis le roi... On va partir ensemble, tu veux ? Au secours, poirier, s'il te plaît. Il faut qu'on sache qui je suis.*

J'ignore d'où vient cette voix d'enfant, cette silhouette qui gambade en surimpression dans mon abri à bois. Ce n'est pas le petit Jacques, ce n'est pas le poète Mironte dans les jupons de sa mère ; ça ne ressemble à aucun des gamins qui ont traversé ma vie...

— *Tu m'entends ? Allez, viens me rejoindre, et tu comprendras.*

Cette présence ne fait pas partie de mon passé. Elle ne sort pas de ma mémoire, et pourtant elle me donne l'impression que je suis – comment dire ? issu d'elle. J'ai soudain la sensation d'un terrible retour en arrière. Comme si toute mon existence allait se résorber dans la graine qui m'a donné le jour.

Non. Je ne veux pas. Je veux prolonger ma vie, retourner entre les mains de Manon, devenir ce qu'elle fera de moi, continuer à découvrir cette nouvelle façon d'être...

— *Mais non, allez... Reviens, reviens avec nous, tu sauras où tu es né... S'il te plaît.*

Que cette voix se taise !

La flambée

La famille est partie à la tombée de la nuit. À présent la maison est redevenue paisible, le lave-vaisselle efface les dernières traces de la fête. Hélène a repris possession de sa cuisine, et je me retrouve seul avec Georges et Yannis.

Le critique d'arbres regarde le vieux médecin qui tient sur ses genoux l'un des rondins découpé dans mon tronc. Sa main effleure les cercles accusant mon âge, suit leur dessin, de l'écorce jusqu'au bois de cœur, comme pour me faire remonter le cours de ma vie. Je ne veux pas. Je ne veux pas que la *voix* revienne. Je veux rester avec eux, j'appartiens à leur présent, je refuse d'aller plus loin que leurs souvenirs.

— Vous croyez qu'il va prendre ?

Prendre... Le même verbe, au début de ma vie comme au terme. La même anxiété portée par le même mot, et pour dire le contraire. Oui, je *prends*. Au bout de quelques minutes. Mon bois est dur, dense, mais ma sève est plutôt volatile et le feu se propage aisément dans mes fibres.

C'est Georges qui a choisi la part de moi qui allait brûler en premier, et sa décision me bouleverse. Il est difficile d'en préciser les mobiles : hommage, remords, sacrifice, lâcher-prise se mêlent dans sa tête en toute contradiction. Mais seul le résultat importe.

À mesure que les flammes attaquent l'écorce du rondin, je sens l'aubier se dilater autour de la balle allemande. Et le souvenir s'échappe. Une dernière fois, les soldats enfoncent la porte, investissent la chaumière, cherchent l'enfant. Jacqueline se met en travers de l'escalier, un couteau à la main.

– Jacques, sauve-toi, vite !

L'Allemand lui arrache le couteau, le lui plante dans la gorge, grimpe à l'étage avec les trois autres. Georges se précipite sur sa femme en hurlant, comprime de toutes ses forces l'artère sectionnée pour éviter qu'elle ne se vide de son sang.

Déjà, le petit Jacques a sauté par la fenêtre de sa chambre. Il est si agile, si rapide, si maigre. Les types du Maquis avaient raison : il était le seul à pouvoir s'introduire avec la bombe par le soupirail de la Kommandantur. Il aime être un héros. Lui qui est si nul à l'école, au tennis, au piano, il a enfin trouvé quelque chose qui l'intéresse. Lui qui fait le désespoir de son père, quelle fierté d'avoir pu lui annoncer son exploit au petit déjeuner. La guerre, c'est sa chance. Même là, tandis qu'il court à perdre haleine dans le jardin, la Gestapo à ses trousses. Il n'a pas peur. Le petit Jésus et la Sainte Vierge le protègent, puisqu'ils sont juifs : ils sont contre les nazis. Il ne risque rien.

Pour Georges, c'est le pire dilemme de sa vie. S'il lâche la carotide de sa femme pour courir derrière leur fils, essayer de le sauver, elle meurt. De toute façon, le coup de feu a déjà claqué. Dix secondes d'horrible silence, puis le moteur du camion. Les Allemands évacuent. Ils n'ont pas de temps à perdre : c'est la débâcle, demain les Alliés seront là. Couché au pied de mon tronc, le crâne éclaté, Jacques est leur ultime victime.

Je sens le poids du drame libérer la poitrine de Georges, comme si le souvenir enkysté dans mon écorce était purifié par les flammes. Délivré par le rire enfin perceptible de l'ancien petit cancre. Il était le dernier de la classe ; aujourd'hui l'école porte son nom. Il vit une mort si douce, dans la gratitude éternelle de ceux qu'il a sauvés – tous ces prisonniers que les nazis auraient fusillés avant de s'enfuir, s'il n'avait pas déposé sa bombe. La seule chose qui lui plombait l'au-delà, c'était ce double support matériel, la balle et le bois, où son père avait figé sa mémoire.

Je sens la même paix envahir ma conscience et le cœur de Georges. Une allégresse que le vieillard ne s'explique pas, et dont il aurait honte s'il ne voyait dans les yeux du jeune homme une telle compréhension, un tel acquiescement. Yannis a été abandonné à la naissance et, le plus souvent, il s'en félicite. Mais, depuis qu'il connaît Georges, il aurait presque envie d'adopter un père. Son regard d'amitié vigilante s'adoucit d'un sourire, à la lueur de mes flammes.

– Vous savez ce que je voulais mettre comme légende, sous la photo de Tristan ? La phrase que vous a écrite lord Hatcliff après son retour à Londres : « Le souvenir se remet à vivre quand on lui rend sa liberté. »

Georges hoche la tête. Il accepte, à présent. Il accepte d'avoir perdu son arbre pour laisser partir son fils. Jamais, au temps des plus beaux serments d'amour gravés dans mon écorce, je n'ai partagé un tel courant de tendresse avec des humains. Si mes prolongations sur terre se passent toujours ainsi, ça valait la peine de mourir.

*

La balle du Mauser 33 est tombée dans la cendre. Ils sont restés silencieux un long moment. Lorsque ma première bûche a fini de se consumer, Hélène est venue prendre un porto avec eux. Yannis, pour changer de sujet, a demandé à Georges pourquoi il nous avait baptisés Tristan et Isolde.

– Vous pouvez me le dire, à présent.

Le vieil homme a coulé un regard gêné vers son épouse, qui a baissé les yeux. Ils sont mignons, à leur âge, avec ces pudeurs de fiancés. Chaque fois que Yannis a posé cette question, pour enrichir ma notice biographique, il s'est heurté à la même réponse : « Secret médical. »

– Ce n'est pas lui qui a donné ces noms, glisse Hélène en nouant ses doigts déformés dans ceux de son homme.

Alors Georges ouvre les placards de son cœur. Il raconte comment il a connu sa première femme, pendant un opéra de Wagner. Elle venait de chanter « la Mort d'Isolde ». Quand l'ovation a éclaté pour saluer son interprétation, elle ne s'est pas relevée.

— J'étais en troisième année de médecine : je me suis précipité sur scène. Mais ce n'était pas une crise cardiaque ou un simple malaise vagal. Elle avait fait ce qu'on appellerait plus tard une NDE. Elle incarnait si fort son personnage, elle *était* tellement cette amoureuse qui se tue pour rejoindre son amant qu'elle était morte avec elle. Du moins quelques instants, et elle était revenue en racontant qu'elle avait surplombé son corps, ses partenaires, l'orchestre… Elle s'était sentie attirée vers le plafond où une lumière incroyable l'avait entourée ; un brouillard de soleil où sa vie s'était déroulée en accéléré, tandis qu'une voix lui disait de redescendre sur scène pour les rappels : ce n'était pas son heure. Elle a rouvert les yeux dans mes bras.

— C'était une simple hallucination, non ? suggère Yannis qui se méfie de l'invisible.

— Peut-être. Dans ma vie de cardiologue, j'ai souvent été confronté à ce genre de récit, mais c'est la seule NDE d'origine *artistique* dont j'aie jamais entendu parler.

Il se tait un instant, la tête en arrière, les yeux fermés.

— On s'est mariés quelque temps après. Mais

ni l'amour que j'avais pour elle ni la naissance de Jacques n'ont pu lui faire oublier ce qu'elle avait ressenti. Elle était devenue tellement accro à ce rôle, elle voulait tant retrouver cette émotion hors du temps, revivre cette « ouverture » de la mort, comme elle disait, qu'elle a sauté sur toutes les occasions de chanter *Tristan et Isolde*. Même en pleine Occupation, à l'Opéra de Paris, sous la direction de Karajan. Ça lui a valu d'être accusée de collaboration. Si les Allemands ne lui avaient pas tué son fils, les gens du village l'auraient tondue. Le comité d'épuration des Arts lyriques a mis un terme à sa carrière – de toute manière, avec sa carotide...

Il apaise le tremblement de ses lèvres en buvant une gorgée. Hélène poursuit à sa place :

— La psychanalyse l'a aidée à se reconstruire, du moins à faire illusion. Mais, pendant des années, elle a chanté toute seule la Mort d'Isolde en face de son phono, pour se « refaire mourir », en vain.

— « Tristan et Isolde, qui ne pourront vivre leur amour que dans l'au-delà », récite Georges en fixant mes bûches enflammées.

— « L'anéantissement les affranchira des derniers liens terrestres, et les unira à jamais », achève Hélène.

Le silence retombe sur mes crépitements. Faudra-t-il attendre la mort de mon Isolde pour que les noms que nous portons déteignent sur notre histoire ? Va-t-elle me « suivre » ? La notion de suicide peut-elle franchir la barrière des espèces ?

Non, tout cela n'est que de l'anthropomorphisme. Nous n'aimons pas comme vous. Le désir qui naît de l'interdit, la souffrance qui tient lieu de passion, ça vous est réservé. Chez nous, les fruitiers, c'est beaucoup plus complexe. Nous sommes des hermaphrodites. Les fantasmes de Jacqueline Lannes ont fait d'Isolde une femelle et de moi un mâle, mais chacune de nos fleurs comporte les deux sexes : étamine et pistil. Ce qui nous est impossible, c'est l'auto-fécondation : les dates de maturation des deux organes d'un même poirier sont différentes. Pour encourager la biodiversité, m'a expliqué lord Hatcliff, nous avons besoin d'un partenaire que nous choisissent les abeilles. Le seul « amour » qui m'ait uni à Isolde, c'est la pollinisation : le transport de mes grains mâles jusqu'à l'orifice de ses pistils, et inversement. Un mariage de raison pour des motifs de proximité. Mais ça n'empêche pas les sentiments. *Vos* sentiments.

– Qu'allez-vous faire, pour le livre ? s'informe Hélène.

– J'ai appelé mon éditeur, répond Yannis. Il y a déjà eu des protestations, sur la précédente édition, pour le châtaignier d'Abbaretz. Les lecteurs veulent des arbres vivants. Je suis obligé de faire sauter Tristan.

– Je comprends.

Quand Georges a raccompagné mon auteur jusqu'au portail, ils ont vu la lumière de la camionnette des gendarmes devant la maison des voisins. Une voiture avait pris feu sur la route nationale, en percutant un platane, et on venait d'identifier les corps.

J'ignore quelle est ma part de responsabilité. L'image que j'ai captée, la colère de Manon que j'ai relayée dans l'atmosphère a-t-elle exercé une quelconque influence sur le destin, ou bien n'était-ce qu'une prémonition ? Je suis perturbé par la question, mais, au bout du compte, seul le résultat importe.

Manon pourra continuer de me sculpter.

Le cimetière

Comme il neige depuis l'aube, Yannis les a conduits dans son grand break tout-terrain. Il n'y a personne autour de la fosse, à part lui, Manon, sa grand-mère, les Lannes et les croque-morts qui ont creusé la terre glacée en jurant. Les routes sont trop mauvaises pour que les amis et les collègues de travail aient pu arriver à temps. Trois d'entre eux se sont emboutis, et le curé vient de se casser la jambe en sortant de l'église. Les funérailles de ces gens sont à l'image de leur vie : dommages collatéraux derrière des apparences qui sauvent.

Je suis dans la poche de Manon. Serré entre ses doigts, un morceau de mon écorce tente de lui donner ce qu'elle demande : du courage, de l'espoir, de la confiance dans une vie qui ne tient plus qu'à elle. Comment faire le pont entre ses rêves et l'avenir ? Elle est seule, elle est libre, elle ne connaîtra plus jamais la peur, la honte et la haine, elle travaillera jour et nuit, mais son but est si loin et personne ne l'attend. Au collège, quand dans la case « profession envisagée » elle a écrit *sculpteure*, tout ce que le conseiller d'orientation a trouvé à lui dire, c'est que le féminin du mot existait déjà dans la langue française. Elle le sait. Mais elle ne veut pas être une Camille Claudel, une sculptrice brisée par le modèle des hommes. Elle imposera son féminin à elle.

Le second cercueil, recouvert de flocons, descend se poser sur le premier entre les cordes raides. Yannis ramasse la petite pelle, la tend d'un air contrit à l'adolescente immobile dans son loden bleu. À la surprise générale, Manon balance la poignée de terre gelée sur le cercueil du père, comme on jette un pavé dans une vitrine.

— Merci, dit-elle à Yannis en lui rendant la pelle.

Personne n'ose faire de commentaire. C'est la première fois qu'ils entendent le son de sa voix.

— On va boire un truc chaud ? enchaîne-t-elle, et elle tourne les talons.

Ébahi, Yannis lui emboîte le pas en poussant le fauteuil de la grand-mère effondrée, pour qui on ne tardera pas à rouvrir la tombe. Les Lannes suivent, se soutenant l'un l'autre dans l'allée verglacée.

Au bar-tabac, Manon commande un grog. On hésite à lui dire qu'il y a un peu trop de rhum pour une mineure. Tout le monde prend comme elle, et l'ambiance se réchauffe. Elle fixe un point sur le mur devant elle, les dents serrées, le regard dur.

— Moi aussi, j'ai perdu mes parents, lui confie Yannis, pour partager ce qu'il croit être du chagrin.

Manon se tourne vers lui, le scrute soudain comme s'il possédait la clé de son destin.

— Ils étaient comment ? demande-t-elle de sa petite voix neuve, enrouée.

Yannis passe la main dans ses longues mèches noires, faisant tomber dans son grog un restant de grésil.

— Je ne sais pas, répond-il avec un sourire désolé. C'est eux qui m'ont perdu, en fait. J'avais quelques heures quand on m'a trouvé dans le creux du tilleul de Jeanne d'Arc, à Vaucouleurs. On m'a souvent dit que j'étais un miracle. Ça aide, conclut-il d'un air modeste.

Manon en reste bouche bée.

— Un tilleul ? Tes parents t'ont abandonné dans un tilleul ?

— Heureusement : c'était l'hiver. Sans l'arbre, je serais mort.

Elle hoche la tête, gravement. Elle s'identifie. Yannis se détourne. Il se demande ce qui lui prend d'inventer cette histoire. En réalité, sa mère était une réfugiée grecque qui avait disparu après l'avoir mis au monde dans un hôpital français. Tout ce qu'il savait d'elle, c'est qu'elle faisait l'objet d'un mandat d'arrêt international pour des crimes commis durant la dictature des colonels. Ballotté au gré des foyers d'accueil, il n'est venu aux arbres que par besoin d'ancrage. Mais il a ressenti le besoin de se créer un point commun avec la petite orpheline, un axe tilleul-poirier, pour lui montrer qu'un drame de départ peut mener loin. Sous-entendu : grâce au lien qu'elle a noué avec moi, elle deviendra comme lui une personne aimable, sans tristesse ni rancune, qui assume ses passions et se nourrit du plaisir qu'elle procure.

— J'ai vu ce que tu es en train de sculpter, lui dit-il. Ça va être beau.

— Ça va être ma vie, répond-elle d'un ton ferme, les yeux dans ses yeux.

Un silence. Il émane d'elle la force immobile

et dérisoire d'un soldat de bois. Yannis soutient son regard, lui répond avec foi qu'elle obtiendra ce qu'elle me demande : au XVIIIe siècle, on me surnommait « L'Arbre aux vœux ». Je ne sais pas d'où il sort cette histoire. Ou j'ai eu une absence, ou alors il invente, encore, pour conforter Manon dans sa vocation.

— Tu en as fait un, toi ? demande-t-elle d'une voix où l'espoir résonne comme un défi.

— Oui, j'ai fait un vœu, déclare Yannis sans se troubler. Et il était en train de se réaliser quand Tristan est tombé.

— C'était quoi ? demande-t-elle, brûlante de curiosité.

— Que mon roman soit publié.

Les yeux de Manon s'agrandissent.

— Tu as écrit un roman ?

— Deux pages, oui. La note d'intention.

— Ça parle de quoi ?

— De Tristan. Trois siècles d'histoire vus par un poirier. Son journal intime, si tu veux.

Georges Lannes, ému, regarde la petite sculptrice discuter avec le romancier de son arbre. Il sent que quelque chose de profond est en train de se lier entre eux, autour de moi, et il en éprouve une sorte de fierté reconnaissante.

— Qu'est-ce qu'on va devenir ? gémit la

grand-mère dans le vide, au-dessus de son grog qui refroidit. Je n'ai pas les moyens de l'élever, moi. Et ils nous ont rien laissé, rien...

– Je peux lire ? s'empresse Manon, qui ne veut plus entendre parler de réalité.

– Quand j'aurai fini, élude Yannis. J'ai d'autres priorités, en ce moment.

Elle crispe les doigts sur mon bout d'écorce. Pas question pour elle de laisser les problèmes matériels prendre le pas sur l'artistique.

– Comment ça se réalise, un vœu ? demande-t-elle sur un ton technique, en jaugeant Yannis. Que par le travail ?

– Non, répond-il doucement. Il faut faire venir à toi les événements. Comme l'orchidée qui attire la guêpe.

D'un froncement de sourcils, elle l'invite à développer.

– Il existe en Australie une variété d'orchidée dont les fleurs n'intéressent aucun insecte. Alors, pour être tout de même fécondée, elle a mis au point un stratagème. Elle a donné à ses organes reproducteurs la forme d'une guêpe femelle, et en plus elle imite son odeur. Le mâle se précipite sur la fleur, croyant qu'il a un rendez-vous galant, et se démène pour essayer de copuler. Il repart bredouille, mais couvert malgré lui d'un pollen qui, à son insu, ira féconder d'autres fausses guêpes.

Manon aspire l'intérieur de ses joues en souriant. Elle repense à la fleur qui s'est détachée de moi pour se poser sur son bras, le jour de notre rencontre. Elle attirera les événements, d'accord. Elle fabriquera des femmes et des hommes en bois avec un tel pouvoir de séduction qu'il abusera tous les gens nécessaires à la fécondation de son rêve.

Yannis se tourne vers Georges. Maintenant qu'il a remotivé l'adolescente, il a besoin, en ce qui le concerne, de l'avis d'un adulte.

— L'éditrice m'a signé un contrat d'option pour le roman, mais elle veut surtout me brancher sur une urgence. Elle m'a dit, je cite : « Vous tombez bien : vous avez un bon physique et un style passe-partout. »

— Et c'est quoi, l'urgence ? questionne Manon à la limite de l'agressivité.

Sans faire attention à elle, Yannis poursuit : l'éditrice lui a présenté une vieille milliardaire charmante, que ses enfants attaquent en justice parce qu'un maître-nageur lui fait dépenser toute sa fortune pour sauver la Barrière de corail.

— Je suis pressenti pour l'aider à écrire ses mémoires.

— Vous allez accepter ?

— Vingt mille euros d'avance et tous frais payés dans son île de l'océan Indien, le temps nécessaire à l'écriture.

— Je sens qu'il va être long, soupire le docteur, avec, derrière la connivence, l'intuition triste qu'il ne le reverra plus.

Mon écorce se brise en deux, sous la pression des doigts de Manon. Elle sort la main de sa poche, finit son grog d'une traite.

— Tu veux une pâtisserie ? lui demande Hélène Lannes.

Elle ne répond pas. Ses yeux se sont détournés de Yannis. Les lèvres serrées, l'ongle de son pouce gauche creusant le bas de sa paume droite, elle s'est refermée dans son silence.

Le temps contraire

— *C'est moi. Tu m'entends ? Ça ne te rappelle rien, le cimetière ? Regarde-moi. Regarde la belle poire que je mange. S'il te plaît... Rappelle-toi. Ne me rejette pas. Au secours...*

La voix est revenue. Ses modulations ont constitué aussitôt l'image. Un enfant de trois ou quatre ans dans des vêtements d'autrefois, des haillons. Il mange une poire magnifique, sans comparaison avec les miennes. Ce souvenir ne m'appartient pas, et pourtant il crée une véritable résonance, sans que j'aie la moindre idée de son origine.

— *Mais si, c'est moi !* insiste l'enfant, la bouche pleine. *Arrête de m'oublier... Allez, reviens dans la terre !*

On dirait que l'inhumation des parents de Manon l'a ravivé. En fait, il est peut-être lié à eux : j'ai commencé à percevoir sa voix à peu

93

près au moment où la voiture des voisins percutait le platane. Pour la première fois, j'avais émis un désir de mort à l'encontre du genre humain – cette forme de hantise que je subis en est-elle la conséquence ?

– *Viens avec moi, poirier. Laisse-toi faire.*

J'ai beau résister, je me retrouve enraciné dans le jardin. Ma vie défile à l'envers, s'accélère. Le docteur Lannes rajeunit, le petit Jacques s'écroule, Jacqueline me transforme en confiture dans sa marmite en cuivre, me baptise en chantant Wagner, les pendus s'agitent, le poète se vide de son sang, la sorcière brûle... Je reçois la foudre, je diminue, je rapetisse, je me résorbe... Non !

De toutes les forces de ma conscience, j'interromps cette évolution contraire qui finirait par me ramener à l'intérieur d'une graine. Ce n'est pas en arrière que je veux survivre.

J'essaie de me reconnecter à Manon. Ça marche. Je la sens de nouveau. Elle manie un rabot dans une resserre. Elle a beaucoup grandi, changé. Ce n'est plus mon bois qu'elle travaille. Que suis-je devenu, tout ce temps ? Où étais-je ? Il faut que j'arrive à me stabiliser, à me raccorder à son présent, à réintégrer ma structure...

Elle ne m'a pas fini. Mais elle travaille sur du noyer, du chêne… Elle fait des essais techniques, des recherches de style. Elle ne veut pas gâcher ma statuette, commettre l'irréparable ; elle écoute les conseils d'un professeur, et elle les met en pratique sur des supports *neutres*.

Ça y est, elle pense à moi. Elle reprend mon bois. Elle me ramène à elle. Je reviens sous ses doigts qui me poncent, me corrigent, accentuent un détail de son visage. Je ne suis pas ressemblant. Pas encore. Mais son physique évolue dans le sens de son œuvre. Matière première et vision créatrice se mêlent aux bouleversements de son corps – au point que je ne sais plus ce qui relève de sa chair ou de mes fibres. Je voyage en elle comme elle se projette sur moi. Je migre. J'échappe à la mémoire de l'arbre mort pour devenir une sculpture vivante. Je ne suis plus un *Pyrus communis*, mais du poirier massif. Peu à peu mon avenir – notre avenir – se dessine et prend forme.

– *Mais tu ne peux pas me quitter ! Écoute ! On est ensemble depuis toujours…*

La voix se fait de plus en plus lointaine. Je reste avec Manon. Pas question de repartir en arrière.

– *Reviens, s'il te plaît… Écoute-moi.*

Le silence. J'ai gagné. Je ne sais pas contre quoi. Je ne veux pas le savoir. Fini d'être un centre d'écoute où s'accrochaient les âmes en peine, ces parasites contre lesquels je ne savais pas me défendre. Leurs histoires ne me concernent plus.

Ce qui me regarde, c'est Manon.

L'artiste

Les arbres ne décident pas de leur forme. Ils suivent les lois d'une architecture génétique, tout en s'adaptant au sol, au climat, à l'environnement, aux manipulations humaines… Mais ce n'est jamais leur émotion qui les modèle.

Manon, elle, a grandi en ressemblant peu à peu à la femme qu'elle avait façonnée dans mon bois. Cette sculpture de référence, cette entité hybride – une part d'elle, une part de moi – aura bouleversé son destin, sans que je sache si ma survie en est la conséquence ou la cause.

En tout cas, depuis que Yannis Karras ne travaille plus sur moi et que l'enfant inconnu me laisse en paix, je me retrouve pensionnaire à demeure de ce qu'on appelle une œuvre d'art. De son côté, Manon a forgé son pseudonyme d'artiste à partir de mon surnom : Tristane.

M'a-t-elle fait évoluer autant que je l'ai trans-
formée ? Il me semble. Durant tout le temps
où elle m'a travaillé, retravaillé sans cesse pour
que je devienne l'image qu'elle avait d'elle-
même, nos échanges émotionnels et tactiles ne
m'ont pas laissé de bois. En me donnant forme
humaine, d'une certaine façon, elle m'a huma-
nisé. Elle m'a permis l'accès à une sensibilité
dont un végétal n'a que faire lorsque, pro-
grammé pour la croissance, la pollinisation et
la photosynthèse, son rôle se borne à pousser
des feuilles, porter des fruits et fabriquer de
l'oxygène à partir du gaz carbonique. En vie
active, j'étais soumis aux lois de mon espèce ;
aujourd'hui je suis devenu le produit d'un style.
Je m'appelle *Rêve de l'Arbre*. Je suis un Tristane.

Après l'enterrement de ses parents, quand le
docteur l'a recueillie avec sa grand-mère, j'ai
connu une période de bonheur à feu doux, entre
les flambées et les sculptures. Elle était de plus
en plus douée, depuis que ses œuvres commen-
çaient à se vendre. Georges Lannes lui avait payé
les Beaux-Arts, et sa réussite avait réchauffé les
dernières années du vieil homme. Comme si le

souvenir enfin dématérialisé du petit Jacques lui avait permis de transférer sans remords son amour, de racheter sa vie de père dans une adoption qui lui avait définitivement aliéné ses enfants biologiques. Ça l'avait attristé, mais pourquoi souffrir du mal qu'on fait sans le vouloir à des gens qui ne vous donnent rien ? En plein accord avec sa femme, il avait offert à Tristane de quoi démarrer dans la vie, et elle leur avait rendu au centuple l'amour et la confiance qu'elle avait reçus.

Un soir où elle soutenait à Paris l'occupation d'un squat par un collectif d'artistes, les deux vieux s'étaient éteints ensemble devant leur télé, au coin du feu. Un coup de vent ayant refermé la trappe en fer de la cheminée, mes bûches les avaient asphyxiés dans leur sommeil. Je n'y étais pour rien, mais c'était la plus belle fin que je pouvais leur offrir.

Ils sont partis aussitôt, rejoindre le petit Jacques, je suppose. Je n'ai pas de nouvelles. Je ne capte plus que les vivants.

Au retour du cimetière, le cœur brisé, Tristane a découvert un nouveau portail, avec serrure et code, que les héritiers avaient fait installer pendant les obsèques. Leur avocate attaquait l'adoption au motif d'abus de faiblesse. Ses affaires étaient posées dans la rue : trois valises, dix housses, un étau, des outils. Et *Rêve de l'Arbre*, notre œuvre commune, la seule qu'elle se refusait à vendre.

Il restait dix stères de mon bois, sous l'auvent. Mais ma part combustible ne m'intéressait plus : je suis parti avec Tristane. Je pensais qu'elle allait me faire découvrir le monde. Que je resterais à jamais chevillé dans son cœur.

Les illusions conservent. Mais c'est sous vide.

La réussite a un prix, bien sûr. Un mode d'emploi, des contreparties, des effets secondaires. La valeur que j'ai prise dans le regard des amateurs, maintenant que le talent de ma sculptrice a acquis une véritable cote, n'est peut-être pas étrangère à l'expansion de mon ego.

Je suis fier d'être un Tristane, mais je suis surtout content pour elle. La jeune fille au physique ingrat qui s'excusait d'exister, voûtée dans sa maigreur, est devenue une femme superbe, droite et charpentée. Tous les hommes sont à ses pieds ; elle s'en fiche. Elle a suivi le conseil de Yannis, elle a fait comme l'orchidée. Abusé les mâles afin que son pollen se diffuse.

Puisqu'il fallait en passer par les galeristes et les commissaires-priseurs pour être exposée, médiatisée, vendue, elle a fait croire aux uns qu'elle était la maîtresse des autres, et inversement, suscitant émulation et rivalité chez ces messieurs qui, à tour de rôle, dans le but de la ravir à celui qui était censé la posséder, ont fait monter sa cote sans qu'elle ait à payer de sa personne.

Et quand d'aventure elle passait dans le lit d'un amateur d'art, c'était pour que ses œuvres transitent par une collection célèbre, de la manière dont on mélange les truffes chinoises avec celles du Périgord, afin qu'elles acquièrent une plus-value en s'imprégnant de leur parfum.

Mais son trait de génie fut de jeter son dévolu sur une multinationale de l'énergie nucléaire qui, soucieuse d'être associée à autre chose qu'à des accidents de centrales, se laissa convaincre de financer son exposition *Des hommes et des arbres*, où chaque espèce humaine était sculptée dans une essence différente. Vendue par Christie's au bénéfice des victimes de la désertification, cette série atteignit, sous couvert d'humanitaire, des prix exorbitants qui établirent définitivement la notoriété de Tristane.

La seule façon de réussir de son vivant dans l'art contemporain, face au cynisme ambiant, c'était de le retourner à son profit. Il fallait faire semblant de perdre son âme, provisoirement, pour avoir les moyens de la racheter ensuite, sinon la pureté, fossilisée dans l'échec et l'amertume, perdait tout son pouvoir – Tristane avait très vite compris la règle du jeu, les lois de la triche qui sont les seules opposables à l'imposture, aux magouilles, à la dictature des modes. Quand on est porté par un bel idéal, les scrupules ne sont que des renoncements.

À présent qu'elle a conquis le monde de l'art, elle ne se prive pas de lui tourner le dos. Elle gagne des fortunes qu'elle dilapide en militant, mettant son talent et son renom au service des causes perdues. Sauvetage des forêts vierges, des peuples premiers, des cultures en voie de disparition... La petite muette s'est changée en grande gueule. Parcourant le monde de meetings en vernissages, de conférences de presse en marches de protestation dans la jungle, il est rare qu'elle pense à moi, alors le temps est passé vite.

Quand on la replonge dans ses débuts, l'espace d'une interview, elle raconte notre histoire. Du coup, je sors de l'oubli, je reprends forme dans son esprit, et je me raccroche aux années de grâce où j'étais le centre de sa vie... Mais c'est bref. Et sans conséquences.

Remisé dans son atelier de Montparnasse tandis qu'elle sculpte sur pied les arbres en péril de la forêt sud-américaine, je ne suis plus du voyage. Je ne suis plus d'actualité. Je témoigne de sa première période, c'est tout. Ma conscience se dilue dans la statuette, n'arrive plus à se maintenir en veille. J'ai fait mon temps, probablement.

J'en viens à regretter la voix d'enfant qui m'appelait au secours, et qui ne s'est plus manifestée dans ma vie d'œuvre d'art. Plus rien ne me réclame, plus rien ne me fait avancer ni ne me tire en arrière.

J'ai peur de disparaître. C'est cela, alors, « s'humaniser » ? Redouter le néant ?

Les retrouvailles

J'ai repris conscience le jour de la vente. Sorti de ma réserve, j'étais proposé aux enchères parmi des œuvres beaucoup plus récentes. Nous allions être dispersées au profit d'une tribu amazonienne menacée par la déforestation et les puits de forage.

Que la valeur acquise par un bout de bois mort sauve des arbres vivants, je trouvais l'idée plaisante, mais ça n'empêchait pas le sentiment d'abandon. Tristane n'avait plus besoin de moi. Du moins elle offrait son souvenir le plus cher à la cause qui lui paraissait la plus désespérée – quelles étaient les chances d'une poignée d'Indiens contre une compagnie pétrolière ? C'était noble, mais c'était triste. Si elle se sentait glorifiée par le sacrifice, l'objet sacrifié, lui, n'éprouvait qu'un déchirement qu'elle n'avait pas l'air de capter.

Dans la grande salle bondée, le commissaire-priseur a lancé les enchères. Et c'est là que j'ai compris qu'une nouvelle existence posthume allait, peut-être, commencer pour moi.

Au quatrième rang se trouve l'autre personne par qui je me suis senti oublié. Yannis Karras. Il est toujours beau, quinze ans après – du moins je le ressens par les vibrations féminines qui convergent vers sa chaise. Mais il y a des choses nouvelles qui émanent de lui : du désenchantement, de la lassitude, de l'agacement, une vraie détresse... Le tout aggravé par l'accès de nostalgie brutale que j'ai déclenché dans le métro, quand il a vu l'annonce de ma vente aux enchères.

– ... et nous passons au lot numéro neuf, une statuette de femme en poirier massif provenant de la collection privée de l'artiste. *Rêve de l'Arbre* est le tout premier Tristane, une œuvre d'adolescence où culmine déjà la maîtrise et le décalage néo-figuratif amplifié par les accidents naturels du bois, qui était encore vivant au moment de ce remarquable travail – mise à prix dix mille euros. Quinze par madame à droite... Vingt, monsieur en gris... Vingt-cinq à ma gauche. J'ai trente au téléphone. Monsieur ?

Tristane passe une tête, à la porte de la salle, pour voir où en est la vente. Yannis tressaille. Il hésite à la reconnaître. Que reste-t-il de la petite orpheline dans cette longue plante aux cheveux de saule ? Regardant avec une apparence de détachement les visages qui enchérissent, elle creuse sa paume droite avec l'ongle du pouce gauche, et ce geste de concentration inquiète est bien la seule attitude qui rappelle quelque chose à Yannis dans cette beauté sculpturale en treillis de chasse.

— ... trente-cinq par monsieur en gris. Quarante au téléphone.

Elle croise son regard. Et s'immobilise. Elle l'a reconnu tout de suite, elle.

— Quarante-cinq, par madame à lunettes.

Il hésite. Elle lui sourit. Il la salue, d'un petit geste de la main que le commissaire-priseur comptabilise. Yannis ne s'en est pas rendu compte. Elle non plus.

— Cinquante, par monsieur en velours.

Je ressens les effets chimiques de ce que les humains appellent un coup de foudre. Ce n'est pas le même dosage pour tous les deux. Chez lui, c'est la surprise et l'émotion visuelle qui ont déclenché le stress hormonal. Chez elle, c'est une blessure refermée qui se réveille en sursaut.

107

Au temps où elle était un petit laideron voûté qui ne disait rien, elle avait aimé en secret cet écrivain des forêts. Il avait disparu, engagé dans des projets littéraires qui ne concernaient plus les arbres, et ma sculptrice l'avait oublié dans les premiers regards intéressés que les garçons avaient posés sur elle.

— Adjugé à monsieur en velours.

Le coup de marteau fait sursauter Yannis. Les regards de compliments tournés dans sa direction lui font prendre conscience qu'il porte une veste en velours, et que je viens de revenir dans sa vie pour cinquante mille euros. Il se lève brusquement, atterré, sort de la rangée pour aller dissiper le malentendu, mais déjà Tristane est devant lui.

— Yannick ? Il me semblait bien que c'était vous.

La main de ma sculptrice posée sur son coude, il ne corrige même pas son prénom. Elle a fait exprès de l'estropier, d'ailleurs, par pudeur autant que par fierté. Qu'il n'aille pas s'imaginer qu'elle se consume pour lui depuis ses treize ans.

— Bravo, enchaîne-t-elle en l'entraînant vers le fond de la salle. Et merci pour la forêt amazonienne : vous avez doublé l'estimation. J'imagine que vous avez vendu beaucoup de livres.

Il répond d'une moue de modestie. Dans ses pensées, un relevé bancaire indique moins trois mille. Les enchères continuent autour d'eux. Les six derniers Tristane s'arrachent à des prix beaucoup plus élevés qui donnent à Yannis, en état de choc, une brève illusion de soulagement.

Devant la table où les gens attendent leur facture, elle lui demande s'il est libre à déjeuner. Il répond non, tout en écoutant l'employé qui lui annonce le montant de son achat augmenté par les frais. Elle insiste, cachant la déception sous l'indifférence polie.

— Un autre jour, alors. On s'appelle ?

— Oui. Ou aujourd'hui, si vous voulez…

— Mais vous venez de me dire que vous étiez pris.

— Oui, confirme Yannis qui mange des pâtes tout seul dans son studio depuis des semaines. Mais je me libère. Ça me fait trop plaisir de vous revoir.

Elle laisse échapper un sourire radieux, se reprend. Trop tard : il a vu sa réaction ; inutile de jouer à cache-cache avec les sentiments. D'un air détaché, il règle son achat, puis l'emmène au restaurant d'un palace voisin. Tant qu'à être à découvert... Tout à l'heure, il appellera sa banque pour négocier un prêt-relais, le temps de revendre la statuette.

Je croyais rester dans mon lot numéro neuf, mais je me suis retrouvé avec eux sur le trottoir, puis dans le jardin du restaurant.

— Qu'est-ce que vous avez fait, toutes ces années ? demande-t-elle en dépliant sa serviette.

— Je vous attendais. Et vous ?

— Moi non. Sans me vanter, vous m'étiez complètement sorti de la tête. Mais quelque chose me dit que j'avais tort.

— J'envie votre franchise.

— Vous ne devriez pas : je mens tout le temps. Mais je suis sincère.

— Et... vous avez faim, là ?

— Pourquoi, j'ai l'air ?

Quelques minutes plus tard, ils font l'amour dans une chambre à l'étage au-dessus. Et, dans l'union de leurs corps, j'ai la sensation d'exister brusquement deux fois plus.

C'est inattendu, ce qui m'arrive. Comme si la densité de leur relation m'avait affranchi du support de la statuette. Désormais, je me sens beaucoup moins lié à mon bois que dépendant de leur chair. Et c'est très agréable.

Ils sont restés trente-six heures sous les draps, s'appliquant à régler entre deux étreintes les problèmes que je pose. Dans la salle des ventes, Tristane avait senti tout de suite que Yannis n'avait pas les moyens de son achat, mais elle n'allait pas gâcher leurs retrouvailles pour ce genre de détail technique. Une chose après l'autre.

– Oui, Dimitri, merci de me rappeler. Non, les enchères, ça va, mais je déprime un peu. Je n'aurais pas dû vendre le *Rêve*. Tout ce qui restait de mon poirier... Vous avez raison : il faut qu'on fasse un film sur lui. En plus on a un vrai casting : il a connu Louis XV, Balzac, Napoléon III, le capitaine Dreyfus, Pablo Picasso... Et moi aussi, d'accord, bien sûr – je jouerai mon rôle, si vous y tenez absolument. En tout cas, j'ai le scénariste idéal : Yannis Karras, qui a déjà écrit des choses magnifiques sur lui dans *Les Arbres remarquables de France*. Il est d'accord, je vous l'ai négocié à cent mille. Cinquante à la signature, cinquante au premier jour de tournage. Ne me remerciez pas : il vaut le double, mais il est comme vous, il ne sait pas me résister.

On s'appelle demain pour finaliser, je vous embrasse.

Elle raccroche, pique une noix de cajou dans la réserve du minibar qu'ils ont stockée entre les draps. Je suis un peu surpris d'être présenté sous un angle aussi *people* : je n'ai rencontré aucune de ces personnalités, à part Alfred Dreyfus. Tout au plus ont figuré dans la liste de mes propriétaires la fille d'un imprimeur de Balzac, le directeur d'une ligne de chemin de fer inaugurée par Napoléon III, et le neveu d'une maîtresse de Picasso – les agents immobiliers font feu de tout bois quand ils veulent donner à un bien une plus-value historique.

Tristane se love contre Yannis qui, statufié sous le drap, parvient à articuler :

– C'était qui ? Un producteur ?

– De gaz, oui, en Russie. Il me collectionne, il est richissime et il rêve de faire du cinéma. Tu tombes bien.

– Mais tu es dingue… Je n'ai jamais écrit de film !

– D'ici qu'il se fasse, tu as le temps d'apprendre. L'urgent, c'est d'éponger ton découvert. Eh oui, mon chéri, moi je veux que tu aies les moyens de te payer du Tristane. Et ne me réponds pas que ça te suffit de posséder l'artiste. À propos, c'est pas que je m'embête…

Elle le reprend dans sa bouche, vivement, puis l'enfourche. L'incroyable allégresse de mon ancienne Manon est terriblement contagieuse. C'est elle qui domine en faisant l'amour, c'est elle qui choisit le moment, la position, la durée et le style du plaisir qu'elle s'accorde. Elle ne se donne pas : elle prend, et elle reverse.

Yannis a l'air d'aimer cela. Mais il connaît trop les femmes pour être dupe de l'assurance qu'elle affiche. Sans soupçonner le secret d'enfance que je suis seul à connaître, il a bien compris qu'elle ne pouvait s'abandonner que si elle avait le sentiment de garder le contrôle. Alors il feint la soumission, de main de maître.

— Tu te rappelles le premier mot que je t'ai dit ? demande-t-elle en le bloquant entre ses cuisses.

— Oui. C'était au cimetière, pour tes parents, je te passais la petite pelle et tu m'as dit : « Merci. »

— Je n'aime pas me répéter, mais c'est toujours valable. En fait, la nuit avant l'enterrement, je m'étais caressée en pensant à toi pour la première fois. Tu ne sauras jamais à quel point tu m'as aidée, Yannis.

Il la dévisage gravement.

— Tu as envie qu'on écrive ensemble ?

— Déjà fatigué de mon corps ?

— Ce n'est pas une dérobade, c'est un désir de plus. Une évidence. Tu veux ?

Elle le fait jouir pour toute réponse, puis se serre contre lui en demandant pourquoi il a renoncé aux arbres.

— Je n'ai pas renoncé... Simplement, quand tu cosignes la vie d'une milliardaire et que ça te déclenche un contrôle fiscal...

— Elle te payait au black ?

— Elle avait donné ses droits d'auteur pour sauver la Barrière de corail : je m'étais senti obligé de faire pareil. Mais j'ignorais qu'il fallait le déclarer. J'ai été redressé sur la base de ce que je n'avais pas touché. Du coup, pour payer les majorations de retard, j'ai dû pondre à la commande. Des bouquins sur les trains, les avions, les cathédrales, le Crazy Horse, l'andouillette de Vire...

— Il était temps qu'on se retrouve.

— Pour que tu me rendes à notre poirier ?

Elle se redresse soudain.

— On va faire quelque chose de complète-ment dément, tu veux ? Je suis sûre que tu n'es

114

jamais retourné là-bas. Moi non plus. Allez, viens !

— Attends, il est deux heures du matin...

— Justement.

Le retour

Je suis encore un jeune arbre en pleine vigueur, épargné par les mousses, les moisissures et les émotions toxiques de l'espèce humaine. Une nouvelle femme s'occupe de moi. Elle s'appelle Jeannette. Elle cueille mes poires et détache les champignons *Zoophagus* au pied de mon tronc avec des rituels précis, en fonction de la position de la lune. Elle en fait des décoctions où elle mêle du venin de guêpe, des morceaux de crapaud, diverses plantes et des incantations mélodieuses. Beaucoup de gens viennent dans sa chaumière pour lui confier leurs maladies. Il paraît que ça leur fait du bien.

Mais un jour le rejeton du château voisin, dont elle soigne les écrouelles, culbute sa fille de douze ans dans un chemin creux. Jeannette va se plaindre au marquis. Alors celui-ci l'accuse d'avoir donné à son héritier un philtre d'amour,

et la guérisseuse est aussitôt accusée de sorcel-
lerie. Les témoignages affluent pour complaire
au marquis. Plus personne ne se fait soigner par
elle, les maladies et les décès augmentent, on
les lui impute, on l'accuse de jeter des sorts et
d'invoquer le Diable. La mort d'un nouveau-né
en pleine santé met le feu aux poudres. Tout le
village se précipite vers la chaumière. Ils
s'emparent de la guérisseuse, et ils la brûlent
avec mon bois mort – la branche charpentière
que j'ai dû assécher par économie, au printemps
précédent, quand les vers nématodes privés de
leurs champignons prédateurs m'ont dévoré une
racine.

Jeannette est la première âme à qui j'ai dû
accorder asile ; n'ayant que panique, révolte et
mécréance, elle était allée directement là d'où
venait le bois. Aucune prière ne s'est jamais
souciée de la délivrer, jusqu'au jour où Yannis
a découvert l'incident dans les archives dépar-
tementales. Son intérêt, sa compassion ont aussitôt libéré de mes fibres ma première
squatteuse, qui a pu rejoindre sa fille ou je ne
sais qui dans cet au-delà auquel je n'ai pas accès.

– C'est affreux, cette histoire, dit Tristane,
les doigts crispés sur le volant de son 4 × 4.

— Il y a eu beaucoup de morts autour de notre arbre, se réjouit Yannis avec le même entrain qu'il a mis à conter le drame de la pseudo-sorcière. Ça fera une bonne séquence, non ? Je vois ça en prégénérique. Pour qu'on sente bien de quoi le poirier s'est nourri.

— Tu ne mettrais pas une scène d'amour sous ses branches, plutôt, en ouverture ? C'est un arbre de vie, pour moi, pas un instrument de mort.

— On peut.

Il renonce à poursuivre l'hécatombe qui me tient lieu d'historique. Évidemment, les quelques fois où il l'a rencontrée petite fille, quand il venait m'étudier, il ne lui a raconté sur moi que des anecdotes anodines, des contes et légendes de son âge... Mais là, il s'agit de faire un film qui percute. Les drames qui ont jalonné mon existence viennent de trouver leur raison d'être : un argument commercial. Je ne sens pas vraiment que ça m'allège.

Ils roulent en silence dans la nuit d'été vers mon jardin. Jamais je n'y suis retourné, au présent, depuis que les héritiers du docteur Lannes ont mis Tristane à la porte. L'appel de mes racines et de mes bûches était sans doute moins fort que l'énergie de sa création à laquelle j'étais toujours associé. Et même quand elle m'oubliait, aucune autre mémoire ne se substituait à la sienne.

Elle arrête le moteur devant l'ancienne maison de ses parents. Sous la pleine lune, tout est conforme à ses cauchemars, si ce n'est la couleur des volets. Ma chaumière, en revanche, n'a plus rien de commun avec leurs souvenirs. Agrandie de toutes parts, flanquée d'une tour, avec un nouveau toit surélevé et des baies vitrées au lieu des fenêtres à meneaux. Ils ont fait du petit manoir paysan qui avait traversé les siècles un faux château de nouveau riche. Étayée par quatre tuteurs en acier, Isolde sert de support à une somptueuse cabane d'enfants. Pierres apparentes, huisseries, toit de chaume et parabole : c'est la réplique en modèle réduit de la demeure des parents.

Un nom étranger est gravé sur la boîte aux lettres. Vu la masse de courrier qui dépasse, les propriétaires doivent être en vacances et il ne semble pas y avoir de gardiens. Tristane serre les doigts de Yannis. Il sait très bien ce qu'elle a en tête. Il en a aussi envie qu'elle. Avec une agilité de crapahuteuse, elle escalade le portail devant lequel jadis la famille de son bienfaiteur avait déposé ses affaires. Il la suit, un peu moins aguerri. Il n'a pas l'expérience, comme elle, de cette forêt vierge au profit de laquelle il vient malgré lui de s'endetter.

Ils atterrissent sur la pelouse, déclenchant l'éclairage automatique du parc. Mais aucune alarme ne retentit. Seule la maison doit être protégée.

Dans leurs yeux, j'ai vraiment du mal à reconnaître Isolde. Elle est magnifique. Rééquilibrée, harmonieuse, rajeunie. On peine à croire qu'elle ait perdu la moitié d'elle-même trente ans plus tôt : les jeunes pousses émanant du moignon sont devenues des branches solides prenant appui sur les pylônes d'acier. Jusqu'à l'extrémité des frondaisons, ses feuilles respirent la santé. Mais soyons modeste : ce n'est pas seulement mon absence qui lui a profité. Être en charge d'une cabane d'enfants, c'est encore plus gratifiant pour elle que l'antenne de télé d'autrefois.

Moi, en revanche, je touche à ma fin. Sous l'auvent rempli de chêne, de hêtre et de charbon de bois bio, il ne me reste que trois bûches.

Comment n'ai-je rien senti ? Pourquoi aucune flambée ne m'a-t-elle jamais rapatrié ici pour me faire participer à la vie des nouveaux propriétaires ? Ils ignorent tout de moi, sans doute. Ils ont acheté une maison vide. Les héritiers

Lannes ont dû jeter mes archives et mes photos comme ils avaient expulsé la protégée de leur père.

D'un regard où le défi le dispute à la tristesse, elle fixe mes trois bûches sous les cartons de pommes de pin.

— Il faut que tu écrives ton roman d'abord, Yannis.

— Mon roman ?

— Prends le chèque de Dimitri, donne-lui un synopsis, mais fais en même temps un vrai livre. Celui que tu portes en toi, celui que j'attends depuis quinze ans. Ça ne donnera que plus de poids au film. Et puis…

Elle s'interrompt, les lèvres pincées.

— Et puis ?

Dans un sursaut, elle se détourne de mes derniers vestiges.

— Je crois que je t'aime, Yannis. Mais nous deux, c'est une histoire à trois, tu le sais bien. Faisons renaître notre arbre.

Il glisse un œil vers Isolde, un peu gêné. Elle suit son regard, l'interprète :

— Tu as peur qu'elle soit jalouse ?

— Elle aurait de bonnes raisons. J'aurais dû essayer de la faire classer, à la mort de Tristan. On l'a toujours négligée…

– C'est vrai. Il serait peut-être temps qu'on répare.

Un sourire au coin des lèvres, elle l'entraîne, s'arrête devant l'échelle en fer fixée au tronc.

– Ôte-moi d'un doute, murmure-t-il, entre scrupules et tentation.

– Je t'ôte.

Déjà elle empoigne les barreaux, grimpe dans une ondulation féline, pousse la petite porte. Ils entrent à quatre pattes dans la chaumière de Blanche-Neige, repoussant les mini-chaises, les mini-tables, les mini-lits. Et ils font l'amour comme des géants dans cet univers d'enfants rois où leurs pieds, leurs bras, leurs têtes et leur plaisir chamboulent la déco, trouent le chaume, déboîtent les fenêtres à bonsaïs, renversent le micro-ondes, le service à dînette, la console de jeux, la télé portable...

Mais leur étreinte n'a rien de ludique. Tristane est soudain concentrée, grave, douloureuse. Ses vibrations ne sont plus celles du jeu érotique dans lequel Yannis perd délicieusement pied depuis deux jours. Je n'ai senti cette violence en elle que lorsqu'elle a balancé la pelle de terre gelée sur le cercueil de son père. Yannis est déstabilisé, inquiet. Il ne la reconnaît pas, il lutte avec sang-froid pour maintenir son désir battu en brèche par le trouble et l'incompréhension. Elle aussi ignore ce qui se passe en elle, ce qui motive cette fureur incoercible.

Moi, je sais. Si je ne ressens aucune information en provenance de la congénère auprès de qui j'ai passé trois siècles, en revanche je suis totalement connecté à l'organisme de Tristane, comme si je concourais à l'incroyable activité qui agite ses cellules. Une révolution chimique analogue à celle que me déclenchait le printemps.

Elle crie, frappe, sanglote, perd tout contrôle, hurle sa haine en l'évacuant. Sous la pression interne, elle fait sauter les blocages, comme je détruisais à coups de sels minéraux les cals qui obstruaient mes conduits pour l'hiver. Elle se libère, elle se reprogramme. Elle purge l'horreur à huis clos de son enfance pour pouvoir accueillir en elle une vie nouvelle. Refaire son intérieur, tandis que de ses mouvements saccadés elle ravage autour d'eux ce décor miniature.

✻

Il faut qu'ils partent. Je ne suis plus chez moi. Je ne suis plus d'ici. Je ne suis plus lié à mes racines, à mes bûches, à mon espèce. J'ai hâte qu'ils m'emmènent à nouveau dans un lieu neutre, qu'ils pensent à moi sans la surimpression de ce présent dénaturé qui fausse nos souvenirs.

Il faut qu'ils partent, sinon j'ai peur de rester ici. D'être retenu par cette force qui à nouveau me réclame, essaie de me ramener en arrière.

La voix d'enfant n'est pas revenue. Mais l'image, si. Ils sont deux, à présent. Un garçon et une fille qui mangent une poire, jouent dans des ruelles inconnues, agrippent les bras de leur mère, se tordent de douleur sur une paillasse dans un grenier...

Plus rien. Le jour se lève au-dessus de la forêt. Tristane va chercher dans l'abri mes trois bûches rescapées, les lance par-dessus le portail avant de l'escalader. Yannis sort de son portefeuille ses derniers billets de banque, les glisse dans la boîte aux lettres en guise de dédommagement pour la casse et le bois. Elle aime ce geste. Elle éclate en pleurs dans ses bras. Il la serre de toutes ses forces. Ils ne comprennent pas ce qui leur est arrivé, ce cauchemar de haine refoulée qui a remplacé le plaisir, et qui les laisse pantelants dans l'incertitude d'eux-mêmes. Ils se sont aimés au premier instant de leurs retrouvailles, dans une évidence qui a détourné le cours de leurs vies. Et maintenant ils se sentent en suspens, à un carrefour où ils n'ont plus de repères.

— C'est bien que tu aies pris ses bûches, dit-il pour ramener entre eux de la raison, de l'harmonie, du concret.

Elle se détache en répondant :

— Tu écris son livre, et moi je vous fais la reliure.

L'écriture

Ils se sont installés dans l'atelier de Tristane, cette immense vieille serre au dernier étage d'un immeuble du boulevard Montparnasse.

Travaillant à l'ombre de ma statuette qui est désormais son seul bien, Yannis me donne la parole sur ses feuilles blanches au rythme de la scie et des coups de burin. De l'autre côté du mur, Tristane façonne la marqueterie de mon édition originale – les vingt exemplaires reliés en poirier qu'elle a déjà prévendus par souscription, pour achever de combler le découvert que son œuvre a creusé dans la vie de son amant. Elle pourra partir la conscience tranquille, de ce côté-là : il aura de quoi manger, voir venir et travailler en paix dans l'atelier dont elle lui laisse la clé.

C'est un crève-cœur, mais elle n'a pas le choix. Comment gérer autrement la crise majeure de son existence ? Elle sait très bien que Yannis n'a ni besoin ni envie de paternité. Ses origines comme ses antécédents amoureux parlent pour lui, et sa réaction au « test » a été on ne peut plus claire : « Qu'est-ce que tu ferais, si jamais un jour je tombais enceinte ? – Un procès à Durex, pourquoi ? » Sous le couvert de l'humour, il y avait une telle spontanéité, une telle sincérité, à la limite de la mise en garde, qu'elle a failli lui répondre de prendre un avocat.

Elle n'a rien dit. Elle a décidé toute seule. Officiellement, elle retourne prêter main-forte à sa tribu amazonienne aux prises avec les compagnies pétrolières. En fait, elle part mettre au monde en cachette l'enfant qui, pour elle, n'aurait pas sa place entre eux. Pas question de créer de force une cellule familiale, une illusion de conformité, une façade d'hypocrisie sociale – pas question de réveiller les angoisses et les phobies qu'elle a mis si longtemps à anesthésier. Quant à l'avortement, elle sentait déjà trop son bébé pour s'y résoudre. Elle aurait pu choisir de l'élever seule, mais elle avait peur de ne pas l'aimer assez, ou de l'aimer trop, ou de l'aimer mal, alors elle a décidé qu'il n'aurait pas de parents – du moins, il en aurait à volonté. Chez les Indiens shiranis, les enfants sont élevés par l'ensemble de la communauté.

Yannis ne se doute de rien. Ils sont ensemble depuis moins de trois mois et il est sûr de la connaître par cœur, de déchiffrer ses foucades, ses élans, ses sautes d'humeur imprévisibles. Il se dit qu'elle l'aime, voilà tout. Il a l'habitude de perturber les femmes, de les pousser dans leurs retranchements ou au-delà de leurs limites. Le voyage de Tristane en Amazonie, selon lui, c'est le moyen qu'elle a trouvé pour faire le point sur eux, pour envisager avec recul la suite de leur histoire en s'éloignant de l'influence qu'il exerce sur elle.

Comment le détromper ? Écrivant jour et nuit l'histoire de ma vie, sous le regard de la statuette où il puise l'inspiration, il se croit à l'abri du reste. Il ne souffre de l'absence de Tristane qu'à travers la frustration sexuelle, qu'il atténue de temps en temps avec d'anciennes maîtresses sans conséquences. Leur avenir ne le soucie absolument pas ; seul mon passé lui pose problème.

Il s'est replongé dans les documents qu'il avait compulsés quinze ans plus tôt, quand il essayait d'obtenir mon admission chez les Arbres remarquables de France. Il s'est procuré tous les titres de propriété de la chaumière depuis 1700, et a exhumé les décisions de justice qui m'ont concerné sous la Révolution. Il remplit mes zones d'ombre en fouillant les archives et, quand il ne trouve rien, il laisse courir son imagination. Il me ramène en arrière, et passe à côté du présent.

Un cerveau qui crée des connexions entre la réalité des hommes et celle des arbres, une feuille où tâtonnent les phrases, des circuits d'ordinateur qui les mettent en forme... C'est fou comme la conjonction de ces ondes et de ces structures ont rendu ma mémoire claire, pénétrable et mouvante. Même lorsque Yannis fatigue, se trompe ou extrapole, je revis les événements et les émotions humaines qui ont marqué ma vie avec une intensité que je n'aurais jamais pu atteindre tout seul. La synthèse de mes souvenirs et de ses choix, de mes traumatismes et de ses obsessions, de mes perceptions et de son style me procure des sensations encore plus fortes que la fusion avec Tristane quand elle façonnait mon bois. Ce n'est plus seulement une vision créatrice qui modifie mes formes,

mais un regard critique en train de reconstruire
mon histoire.

Sous ses doigts, je comprends pourquoi
Catherine Bouchet pleurait en nous replantant.
Il imagine qu'elle avait dû se défaire de ses
jumeaux à leur naissance, et qu'elle reportait
son amour sur ses poiriers. Il laisse parler en lui
le petit garçon abandonné, bien sûr – cela dit,
son invention est peut-être le reflet de la réalité.
Ça expliquerait ces deux gamins qui hantent
ma mort en mangeant des poires plus belles que
les miennes.

Mais déjà Yannis déclenche l'orage, envoie la
foudre qui creuse mon tronc en sculptant une
Sainte Vierge. Il caricature au pas de charge le
culte marial dont, pendant quarante ans, je vais
faire les frais, tout en attisant autour de moi les
violences entre catholiques et protestants. Il
enchaîne sur la guérisseuse, décrit la montée des
calomnies qui fabriquent une sorcière, l'aveuglement de la populace et l'horreur du bûcher,
en plusieurs scènes très brèves, découpées à
l'extrême. Puis il expédie le poète Mironte pour
en arriver à la Révolution.

Là, il a décidé de prendre son temps. Il pense
que c'est ce qui intéressera le plus les lecteurs
et les spectateurs, sans ressentir que, moi, je ne

veux plus entendre parler de ces massacres. Ma souffrance a beau lui déclencher migraines, torticolis, maux de ventre et cauchemars, il persiste, il s'acharne, il développe. Pendant des pages et des pages je redeviens « L'Arbre de la Justice », spécialisé dans les religieux qui refusent de renier Dieu pour croire en la même chose sous un autre nom : l'Être suprême. Les guillotines de Versailles et Rambouillet étant trop occupées, c'est moi qui suis chargé de la basse besogne par le Comité de salut public local.

La chaumière est l'une des fermes du château ; le fermier dirige le Comité et c'est bon pour l'exemple d'exécuter sur place. Sans parler du symbole. Voir les dévots qui ont prié ma Sainte Foudre accrochés à la place de mes poires, ça les divertit.

Je retrouve sous les mots de Yannis mon premier pendu, frère Octave, un jeune moinillon minuscule habitué naguère à prier mon effigie de la Vierge, avant que les révolutionnaires la détruisent à coups de masse. Pour lutter contre la peur et le doute qui lézardent la foi au moment de mourir, il me récite un passage de la Genèse, cette histoire d'Arbre de la Connaissance dont les ignorants prennent le fruit défendu pour une pomme alors que c'est une figue – ultime révélation qu'il me lègue tandis qu'on lui passe la corde au cou.

On en aura rendu, des soupirs, dans mes branches... Les prêtres ne s'attardaient pas – sitôt dans le vide, sitôt au Ciel, le martyre étant pour eux le plus sûr des raccourcis. À la différence du marquis et de sa famille qui n'ont jamais daigné quitter leurs terres, après leur exécution, et qui ont dû, j'imagine, se rabattre sur Isolde depuis que mon support vivant leur fait défaut.

Quand il n'y eut plus personne à pendre, ce fut notre tour d'être condamnés. Nous serions remplacés par des « Arbres de la Liberté ». Des peupliers, du latin *Populus*, le peuple. On planta à côté de nous, pour nous narguer, deux de ces cure-dents fleuris de chiffons et de boyaux nobiliaires. Toute la contrée était là pour leur premier arrosage, au vin rouge comme l'exigeait le nouvel usage, afin que la foule puisse communier laïquement avec le symbole végétal de sa libération.

Ivres morts sous le soleil de mai, les fêtards entonnaient des poèmes citoyens :

« Le peuple a repris tous ses droits
Et sa puissance antique ;

Il a déraciné des rois
L'arbre chronologique,
Et consacré
L'arbre sacré
De notre république ! »

Ils allaient nous attaquer à la hache lorsqu'un vieux bouilleur de cru vint prendre notre défense : le citoyen Poulot, ami de Robespierre, s'était régalé de notre alcool au banquet de La Chesnaie. On nous accorda la grâce civique pour cause de cuite, et on arracha l'année suivante les peupliers de la Liberté qui avaient crevé, symbole gênant.

Ensuite le château fut brûlé sous la Restauration, l'incendie se propagea à tout le village, embrasa la forêt et s'arrêta à la rivière. La chaumière tomba en ruine jusqu'aux travaux du chemin de fer, où elle fut réhabilitée pour le directeur départemental de la nouvelle ligne. Son épouse, le lendemain de l'inauguration du tronçon par le couple impérial, reçut les faveurs de Napoléon III sous mes frondaisons. Puis on me laissa tranquille jusqu'à la guerre de 14, où mon propriétaire monta dans le train avec mes fleurs au fusil – sauf qu'en août, je n'ai plus de fleurs.

Yannis invente, brode, recentre des épisodes et des personnages autour de moi pour les besoins de son histoire, mais je ne déteste pas ce bourgeonnement fictif qu'il apporte à mon vécu.

Tous les hommes sont partis pour le front. La veuve qui me possède à présent ne sort plus de chez elle. Le jardin est à l'abandon et je lutte tout seul contre le feu bactérien et la chlorose, une maladie physiologique due à une carence en fer.

À la mort de la veuve, la maison est rachetée par la famille du général Mercier, une calamité qui s'est mis en tête d'améliorer le goût de mes poires, en me greffant des variétés incompatibles qui manquent me faire crever.

Puis des indifférents se succèdent, des résidents secondaires, des locataires qui ne s'intéressent qu'à leurs vêtements – les Années folles ne sont pour moi qu'une parenthèse de solitude où le seul élément notable est ma rencontre avec une Rosalie de l'espèce Citroën, la première automobile garée près de moi qui, grâce à ses fuites, fournira un remède inattendu à ma chlorose.

Enfin le jeune docteur Lannes achète la maison pour son mariage avec Jacqueline, et je

deviens Tristan. Après quelques années d'opéra
et de chirurgie cardiaque, on en arrive à l'épisode crucial de ma vie. Celui qui, pour l'instant,
domine l'œuvre de Yannis.

Le libérateur

Les ruptures en chaîne ont déclenché l'alerte dans mes ramures. Ce n'est pas le vent qui vient de casser mes plus hautes branches ; c'est un choc vertical, une masse tombée du ciel. Et un voile à cordages recouvre à présent mon faîte, comme ces filets anti-oiseaux sur les petits pommiers derrière la chaumière.

Qu'est-ce qui se passe ? La situation est nouvelle, la cause inconnue ; ce n'est pas un phénomène naturel ni une attaque humaine de type bûcheron, ni un accident de chasse comme le héron abattu jadis par cette calamité de général Mercier. Dans la mémoire de mes traumatismes, si je recherche par analogie, ça commence comme une pluie d'énormes grêlons et ça finit comme un pendu.

C'est mon premier parachutiste.

L'inventaire des dommages subis se mêle aux

vibrations de souffrance de mon agresseur. Des lumières s'allument. Georges et Jacqueline Lannes jaillissent de la chaumière en pyjama, vont chercher des échelles, des cisailles, des râteaux. Ils décrochent l'intrus qui gigote, entortillé comme un rôti, tranchent les ficelles, puis ils essaient de tirer avec les râteaux pour faire descendre la toile coincée dans les branches.

— Mais qu'est-ce qu'il vient foutre ici ? regimbe Jacqueline. On n'a peut-être pas assez d'ennuis !

— *English*, chuchote comme une circonstance atténuante le gros homme roux qui se tord de douleur sur le gazon. Où sommes-nous ?

— À six cents mètres de la Kommandantur, réplique Jacqueline d'un ton aigre.

— Résistance ? traduit le parachuté avec un espoir anxieux.

— Passive, prévient-elle en tournant un regard noir vers Georges qui, en temps de guerre comme en temps de paix occupée, soigne tout ce qui souffre.

Le petit Jacques, réveillé par le bruit, accourt aux nouvelles. Son père lui explique la situation et ce qu'il attend de lui, comme s'il parlait à un interne de son service. L'époque n'est pas aux rêveurs : il voudrait que le gamin soit premier à l'école, doué pour les sciences, champion de tennis, qu'il venge son pays...

Jacques est aux anges. Enfin on lui demande quelque chose dans ses cordes ! Habitué à m'escalader, il grimpe de branche en branche pour décrocher le parachute.

Pendant ce temps, les Lannes essaient de soulever l'obèse dont les jambes ne répondent plus. De guerre lasse, ils vont chercher la brouette pour le transporter dans la maison. C'est dans cette chaise à porteurs version champêtre que l'espèce de gros scarabée renversé demande sur un ton presque mondain :

— Vous avez vu les autres ?

— Quels autres ?

— Nous sommes cinq à avoir sauté.

Le docteur fait non de la tête, l'aide à s'extraire de la brouette stationnée au milieu du salon.

— Je suis bien à Sainte-Claire-sur-Bage ?

— Non. C'est à soixante kilomètres à l'ouest.

— *Shit !* Je pense que j'ai brisé mes jambes et je ne vois plus rien de l'œil gauche. Trouvez-moi des vêtements et conduisez-moi à l'hôpital. Vous ne risquez rien : je parle couramment allemand.

Le couple dévisage ce colosse roux à moustache en guidon, qui ressemble autant à un Teuton que moi à un platane.

– La cave ! ordonne Jacqueline à son mari.

– Ah non ! proteste l'Anglais. Je suis claustrophobe. Vous n'auriez pas plutôt un grenier ?

– Je vais ranger mes jouets, décide Jacques en grimpant l'escalier.

Et c'est ainsi que lord Clarence Hatcliff passa la fin de la guerre sous le toit de la chaumière. Après l'exécution du petit Jacques, c'est lui qui prit soin des parents brisés qui l'avaient recueilli. Et il noua avec moi une relation d'intelligence qui me fit autant progresser dans la connaissance de mon fonctionnement que dans l'exploration de l'esprit humain.

Sont-ce les fragments de mes branches qui, pénétrant les chairs et l'œil du parachuté, ont permis entre nous cette intimité à laquelle, malheureusement, la vénération douloureuse de Georges Lannes ne me donna jamais accès ? Clarence Hatcliff était l'être le plus incongru et le plus passionnant qui m'ait côtoyé. Une énergie sans répit alimentée par une insatisfaction chronique, des caprices d'enfant gâté, un héroïsme de jean-foutre, une mémoire encyclopédique, et de redoutables accès de boulimie par excès de sensibilité. C'était un estomac, un cerveau et un cœur. Dans un désordre absolu.

Héritier d'une fortune qu'il engloutissait dans ses passions, il était à la fois directeur du département de botanique à la *Royal Society*, réalisateur animalier, espion à temps partiel, clarinettiste et conseiller stratégique du Premier ministre Winston Churchill. Son format démesuré ne le prédestinait pas au rôle de libérateur par voie aérienne, mais c'est lui qui s'était improvisé parachutiste en faisant pression sur la *Royal Air Force*. On ne refusait rien à Clarence Hatcliff, qui subventionnait à fonds perdus l'armée anglaise, détournant, le temps de la guerre, les subsides qu'il destinait habituellement au sauvetage des éléphants.

Officier de liaison en charge des programmes militaires de la BBC, il ne supportait pas les Français qui avaient débarqué en pays conquis dans ses studios et, s'estimant envahi, il avait choisi l'exil.

— Votre de Gaulle me pompe l'air, justifia-t-il le premier soir, tandis que la cantatrice lui taillait un pyjama dans son parachute. Vivement qu'on vous libère et qu'on vous le rende !

Venu remotiver sur place la résistance française, il s'était finalement résigné à consommer la cave et les tickets de rationnement de ses hôtes, tout en transformant leur grenier en station de radio pirate, pour diffuser à l'intention des autorités d'occupation de faux messages en provenance de Berlin. On ne sut jamais très bien si ce concept, qu'il avait baptisé « Les Allemands parlent aux Allemands », participa de la désorganisation de l'ennemi, ni même si l'émetteur clandestin bricolé avec les moyens du bord réussît jamais à transmettre la moindre nouvelle – toujours est-il que lord Hatcliff consacra son immobilité forcée à parfaire sa pratique de la langue de Goethe.

À la Libération, le gros bourdon parasite sortit de sa ruche, rendit un hommage public à sa famille d'accueil, empêcha l'arrestation de la soprano wagnerophile et fit décerner au petit Jacques la médaille de la Résistance à titre posthume. Quant à moi, s'estimant redevable pour les dommages de guerre qu'il m'avait causés avec ses cent vingt kilos, il entreprit de faire mon éducation.

Georges le trouva un matin en train de me jouer de la clarinette.

– Ça ne lui a pas réussi à lui non plus, l'Occupation, expliqua lord Hatcliff entre deux notes.

142

J'ai demandé à mon assistante de m'envoyer les fréquences d'acides aminés du *Pyrus communis*.

— Pour quoi faire ?

— Dans mes serres, j'arrive à faire pousser des tomates et des choux-fleurs sans une goutte d'eau. Chaque protéine émet des ondes spécifiques : il suffit de les convertir en mélodies. Je joue à mes légumes la partition de leurs gènes, et ça les booste encore mieux qu'un arrosage.

Il termina son solo de clarinette qui, je dois le dire, ne secouait pas vraiment mon début de torpeur automnale, puis enchaîna :

— Il faut parler à un arbre, Georges. Lui parler de lui. Sinon c'est Monsieur Jourdain : il fait de la prose sans le savoir. Et ce n'est pas ainsi qu'on progresse. Car votre poirier est comme moi : il est aussi intelligent que sensible, et donc terriblement vulnérable. Le choc de la balle qui a tué le petit est un traumatisme qu'il ne sait pas gérer. Aidons-le, voulez-vous ? Aidons-le à synthétiser l'information, comme il le fait avec ses hormones.

— Ses hormones ?

— Mes chercheurs et moi avons fait une découverte fracassante, juste avant que ce crétin d'Hitler nous interrompe. Notre labo travaillait sur l'élimination des punaises à bois ; on en faisait venir des quatre coins du monde. Elles arrivaient dans des boîtes tapissées de papier journal, et on a observé que les punaises qui voyageaient sur le *New York Times* déclenchaient sept à huit métamorphoses larvaires, et n'étaient plus aptes à la reproduction. Rien de tel sur le *Times* de Londres.

Il fit durer le suspense, le temps de ranger sa clarinette dans l'étui avec un air gourmand.

— En enquêtant sur la provenance de la pâte à papier, j'ai découvert que le mélèze d'Amérique, menacé par une surpopulation de punaises, produisait de la juvabione, une substance analogue à l'hormone juvénile de ces punaises, mais à un dosage démesuré qui les stérilisait. Il faut que j'applique mes recherches à d'autres espèces, mais très certainement notre poirier fait de même : il synthétise les hormones de ses prédateurs, au moyen de son cholestérol.

C'est ainsi que j'ai commencé à comprendre comment je fonctionnais. À analyser ce qui s'accomplissait en moi à mon insu. Est-ce la raison pour laquelle ma conscience travaille encore, aujourd'hui où je ne suis plus qu'une perception volatile qui s'accroche à une statuette ?

— Vous dites n'importe quoi, répondit Georges. Seuls les humains, hélas, ont du cholestérol.

— Je parie six caisses de mouton-rothschild.

— Vous êtes sérieux ?

— Pire : en remerciement pour votre hospitalité, je vais vous confier un secret défense qui vous sera peut-être utile, dans l'avenir. L'être humain abuse trop de son environnement, Georges, et les arbres n'ont pas du tout apprécié la bombe atomique. J'ai bien peur qu'ils décident de nous stériliser à notre tour.

— Écoutez, Clarence, vous êtes gentil, mais je suis médecin.

— Justement. La progestérone et l'œstrone sont des hormones sexuelles spécifiques de la femme, non ?

— Si.

— Gardez-le pour vous, mais mon équipe vient d'en trouver dans les graines de grenade et les pollens de palmier. Simple anomalie, ou condamnation de notre espèce ? La nature ne fait jamais rien au hasard, jamais rien pour rien.

Georges Lannes haussa les épaules. Vingt-cinq ans plus tard, il apprit dans des publications scientifiques que tout cela était vrai. Il envoya au siège de la Fondation Hatcliff, dans les faubourgs de Londres, six caisses de mouton-rothschild qui lui furent retournées, le destinataire étant depuis longtemps au cimetière.

✳

Je n'arrive plus à me maintenir dans l'après-guerre. Yannis a cessé de reconstituer l'époque, de fouiller les archives, de dialoguer Hatcliff en piochant dans la correspondance que lui a léguée le docteur Lannes. Sans Yannis, je ne peux plus revivre à volonté mon passé. La pression de ses sentiments est trop forte.

Il pense à Tristane. À l'une des premières apparitions de la petite autiste, un jour où il avait rendez-vous avec Georges Lannes pour me prendre en photo. Elle a douze ans, elle est assise contre mon tronc, elle croque une de mes poires. Elle est la seule à pouvoir encore ingurgiter mes fruits rachitiques, amers et durs qui pourrissent de l'intérieur avant d'être mûrs – même les frelons n'en veulent plus. Il faudrait trop d'énergie pour leur redonner une saveur, une texture convenables, et mon énergie est ailleurs, mobilisée pour ma simple défense ; je suis vieux.

Elle regarde d'un air froid Yannis qui approche. Elle s'autorise à l'aimer puisqu'il m'aime, mais il ne faut pas qu'il s'en rende compte. Il lui dit bonjour. Elle se relève et crache un pépin à ses pieds. Elle consent à me prêter pour une séance photo – mais qu'il n'espère pas davantage. Lui tournant le dos, elle rentre chez elle d'une allure désinvolte.

C'est cette désinvolture qui le blesse aujourd'hui. Elle ne répond pas à ses mails. Pourtant, elle les consulte : il reçoit le signal de lecture.

Il referme le chapitre sur lord Hatcliff, retourne au début du livre où elle crache mon pépin comme pour marquer son territoire. C'est l'image qui s'est imposée en scène d'ouverture – mais qui l'a décidé, lui ou moi ? Je n'arrive toujours pas à démêler dans son écriture ce qui relève de mon inspiration ou de son libre arbitre.

Quoi qu'il en soit, il a eu raison de donner de l'importance à cet épisode anodin du pépin – j'ignore encore pourquoi, mais je perçois comme lui que c'est plus qu'un souvenir : c'est une clé. Nous saurons un jour ce qu'elle ouvre. Il me semble que c'est terriblement important, que c'est peut-être la raison de ma survie. Mais faut-il chercher la serrure dans le passé ou le futur ? Dans ma mémoire que réinvente Yannis, ou dans l'avenir que Tristane se crée pour nous oublier ?

En tout cas les deux images sont liées, je le sens. Celle du pépin craché dans le cœur de Yannis et celle qui, depuis que ma vie est en écriture, me revient de manière lancinante sans que je réussisse à la transmettre à mon auteur : les deux enfants en haillons d'autrefois, dégustant des poires qui ne sont pas les miennes.

Mon histoire n'avance plus. Privé de la concentration de Yannis, je commence à me désagréger.

Les chamanes

Je ne sais comment je me suis retrouvé auprès de Tristane. Sans aucun support matériel, cette fois, sans l'intermédiaire d'une photo ou d'un contact charnel. Et sans même qu'elle songe à moi.

Peut-être est-ce la pensée de Yannis qui me projette vers elle – ce lien de manque et de souffrance qu'il noue à travers le silence, les images mentales et les ondes porteuses du sommeil. Il rêve d'elle, et c'est moi qui la rejoins.

Elle a su dès son premier séjour que cette forêt, ce peuple seraient sa raison d'être. Elle s'était construite grâce à un arbre ; à son tour elle s'emploierait à nous protéger, à nous sauver, à nous comprendre. Elle n'avait fait que me parler ; elle voulait apprendre à nous écouter. Et faire entendre notre voix.

Les chamanes n'ont d'abord vu en elle que le soutien médiatique qu'elle pouvait apporter à leur combat contre les compagnies pétrolières. Des arbres sculptés sur pied par l'une des jeunes artistes les plus cotées du monde, se disaient-ils, ne sauraient être détruits comme une forêt ordinaire. Ce n'étaient plus simplement des micrandas, des hévéas, des bombax ou des ficus, mais des Tristane. Pour elle, l'art ne constituait pas une fin mais un moyen, et ils surent en tirer tout le profit possible.

Puis ils ont perçu ses dispositions médiumniques, son lien personnel avec les forces de la nature. Ils lui ont expliqué que ce lien ne se développerait que s'il cessait, justement, d'être personnel. La communication avec les arbres se doit d'être universelle ; la fidélité affective à un spécimen isolé – moi – entrave la circulation des informations. Il faut qu'elle m'oublie, disent-ils, pour être adoptée par les totems de leur monde végétal.

Mais ce que les chamanes ont surtout senti, c'est l'enfant qu'elle porte. Cet enfant qu'elle est venue leur offrir. Alors ils pratiquent sur elle, en accéléré, tous les rituels destinés à favoriser le dialogue avec les esprits de la forêt, afin de commencer *in utero* l'initiation de son fils — ce Sauveur dont ils annoncent l'avènement depuis tant de lunaisons.

À trop vouloir capter le langage des arbres, Tristane ne perçoit plus les arrière-pensées humaines. Elle croit que les Shiranis l'aiment pour elle-même, alors qu'elle n'est déjà plus pour eux qu'un réceptacle. Elle pense avoir enfin trouvé sa voie, son pays, sa mission. Elle a tant bataillé auprès de l'Unesco qu'elle est sur le point d'obtenir le classement du territoire shirani au Patrimoine mondial de la biodiversité. Tout ce qu'elle veut, c'est rendre aux arbres et aux hommes d'ici ce qu'elle me doit. Son travail artistique sur le bois n'était qu'une première étape ; une entrée en matière. Il lui faut maintenant pénétrer au cœur de la pensée végétale.

Yannis ne veut pas entendre parler de ces choses. C'est pourquoi elle ne lui répond plus ; elle ne doit pas gaspiller son énergie à tenter de le convaincre, à se mesurer aux forces délétères du scepticisme. Il est allergique à toutes les passions de Tristane qu'il ne partage pas. L'univers chamanique, les drogues hallucinogènes, la communication avec les esprits, ça n'est pas son truc. Il ne croit qu'en la matière, l'amour physique et la mémoire. Pour lui, le seul moyen de faire parler les morts, c'est l'Histoire. Les témoignages consignés, recoupés, vérifiables, et les déductions logiques qu'on en tire. L'invisible, il ne veut pas voir. Ça ne le regarde pas.

Elle flotte dans un nuage de tabac tropical. Au cœur d'une clairière, à la lueur tremblante des torchères, les deux chamanes en chef de la tribu, le vieux et le jeune, lui font boire l'*ayahuasca*, un liquide verdâtre issu de la sève de son futur interlocuteur. Et ils lui apprennent à chanter l'*icaro*, le chant rituel censé faire vibrer en résonance les arbres qui ont accepté de lui parler.

J'ai du mal avec les chamanes. Ce n'est pas ma culture. Dans leurs rapports avec nous, ils ont raison sur le fond, mais je suis très réservé sur la forme. La drogue ne crée pas le dialogue, sauf si déjà un lien psychique existe, et dans ce cas elle le perturbe. Ce n'est pas en buvant notre sève qu'on nous comprend de l'intérieur – même constat de mon côté, lorsqu'il est arrivé à mes racines d'absorber le sang humain versé au-dessus d'elles. Nous n'avons pas besoin de ces rituels, de ces transes magico-chimiques pour transmettre ce que nous avons à dire. Les vrais chamanes se comptent sur les pousses d'une branche : les autres sont des manipulateurs, des névropathes ou des fumistes.

Mais bon, je parle en arbre occidental. La structure spirituelle et sociale de leur forêt est tellement différente de celle où j'ai grandi. Comme nous nous adaptons au milieu, aux conditions météorologiques, nous nous acclimatons à vos croyances, à vos concepts. Dans ma contrée, vous nous avez divisés en arbres décoratifs ou utiles, en arbres sacrés ou maléfiques, en arbres de droite ou de gauche, en emblèmes de pouvoir, de connaissance, de valeurs morales ou de publicité, et cette fragmentation nuit également à nos échanges : vous ne voyez plus en nous qu'un paysage, une matière première, un symbole. Et puis vous pensez en terme d'heures quand nos repères temporels sont en lunaisons, en saisons – décalage que les chamanes, eux, croient supprimer par leurs breuvages.

De ce point de vue, Tristane est déjà intégrée dans leur culture. Elle vit sa première hallucination, effectue sa première association de rêves. Je ne dirai pas que je suis jaloux de la relation qu'elle noue avec ces arbres étrangers, mais je ne suis pas de la fête. Je ne suis pas le bienvenu. Mes vibrations sont indésirables, ici, incompatibles, je le sens bien. Je suis trop complexe, trop dénaturé par les émotions humaines dont je procède. Tronc de la Sainte Vierge, Poirier aux Amours, Arbre de la Justice, porte-malheur, monument aux morts, allégorie d'un amant d'opéra, sculpture posthume – je me demande qui je suis, à force d'être tout cela, et ce questionnement même est la source de mon rejet par la flore indigène. Il n'y a pas d'identité personnelle chez les arbres d'ici. Ils fonctionnent à la manière des fourmis, qui sont chacune un neurone du cerveau central que constitue la fourmilière.

Non, je ne peux pas m'intégrer dans cette forêt primaire, collectiviste et figée qui ne répond qu'à des rituels magiques. Comme un chien qui se retrouve au milieu des loups, je suis incapable de me faire accepter, trop marqué par la pensée rationnelle, égoïste et désordonnée des êtres européens avec qui j'ai grandi. Et cette jungle hostile est en train de me voler ma meilleure alliée, ma fille humaine adoptive.

Cela dit, mon désarroi va bien au-delà du problème personnel. Il y a autre chose dans le malaise croissant que je ressens, à mesure que les *icaros* et l'*ayahuasca* affinent la connexion entre la conscience végétale et la défonce

154

humaine. De la plus petite liane aux canopées les plus fournies, tout ici diffuse des vibrations de mort et d'angoisse. Et je commence à capter les images : ceux qui veulent détruire la forêt pour exploiter le sous-sol ont empoisonné les plantes médicinales, par épandage aérien. En croyant se soigner, les Indiens s'intoxiquent, et les plantes qui n'ont pas encore perçu qu'elles étaient devenues mortelles sont complètement perturbées.

La transe mélodieuse tourne au cauchemar. Les chamanes ont des visions terrifiantes qui les font hurler, se rouler par terre, s'empoigner les uns les autres, et Tristane est comme eux : une incarnation de la violence et du stress de la forêt qui sait qu'elle va tuer avant de mourir, et qu'il n'y a rien à faire.

Aux premières lueurs de l'aube, la tension retombe. Les Indiens cuvent leur transe, hagards, déterrés, fanés. Je demeure un simple témoin, un voyeur, un intrus au cœur de cette horreur résignée. J'en suis sûr, maintenant : ce n'est pas la pensée de Tristane qui m'a appelé dans cette jungle, c'est l'amour de Yannis qui m'y a projeté. Yannis qui a pris l'avion sans la prévenir, qui survole l'océan et qui demain sera là.

Alors j'attends. Seul et solidaire. Tous ces arbres sauvages en sursis, même les sculptés avec qui je partage le style de Tristane, m'ont exclu d'emblée sans me connaître. Moi qui croyais que le racisme était une invention des hommes.

J'espère, malgré tout. J'aimerais tant qu'ils m'entendent, qu'ils répondent à mon envie de communiquer. J'aimerais tant les aider, les rassurer sur leur au-delà. Mais ce n'est peut-être pas mon destin. Et puis qu'aurais-je d'important à leur transmettre ? Qu'ai-je fait de ma mort, jusqu'à présent ?

Si seulement je savais pourquoi je survis, quel est mon rôle, à quelle attente je dois répondre… Si seulement je savais quelle âme je dois encore délivrer.

Aucun des humains dont j'ai recueilli le dernier soupir n'est plus lié à moi – alors qui me retient sur terre, maintenant que les deux seuls vivants qui me restaient sont en train de m'abandonner ? D'où vient cette détresse qui me garde en veille, qui demande toujours à s'exprimer sans que je connaisse le sens, l'origine ni le destinataire du message ? Quelle est cette voix qui appelle au secours en moi depuis des siècles ?

Le départ

Il n'arrive pas à vivre sans elle. Elle était sur le point d'y parvenir. Leurs retrouvailles sont une catastrophe.

Sorti de son contexte, Yannis a perdu tout charisme : il est dérisoire, inadapté, anachronique. De pirogue en marche forcée, de serpents en moustiques, il s'est fait détrousser par ses guides, racketter par l'armée qui ferme la jungle ; il a bravé mille dangers pour la rejoindre, et il croit que les problèmes sont derrière lui.

Il expose des projets enflammés qui sonnent creux. Il argumente, il revendique. Il a trop envie d'elle, trop besoin de leur plaisir. Il est obsédé par son corps, il ne peut pas se passer d'elle – et Dieu sait qu'il a essayé, mais sexuellement aucune femme ne lui arrive à la cheville. Il le lui dit comme un reproche. Il l'enlace, la couvre de baisers, elle le repousse, il insiste. Elle lui dit qu'elle l'aime toujours mais qu'elle n'est plus libre : elle s'est donnée corps et âme à cette forêt. Et alors ? proteste-t-il. Elle est un peu à lui, cette forêt : il a tout de même payé pour la sauver. Il ajoute : « Si j'avais su. » Les mots qui tuent.

Elle l'entraîne dans sa case. Elle n'a pas d'autre moyen de le faire taire. Elle ne lui cède pas : elle se livre à lui. Pour tirer un trait. Il n'a même pas senti qu'elle était enceinte. Il ne s'est arrêté qu'à ses seins encore plus beaux qu'avant. Il lui fait l'amour sauvagement, tendrement, désespérément. Elle lui laisse initiative et contrôle, pour la première fois, et il en est d'autant plus excité, rassuré, déchaîné. Il la possède dans tous les sens, de toutes les manières. Elle n'éprouve rien. Elle ne parle plus. En s'efforçant de rester passive, docile, indifférente, murée dans le silence de sa douleur, elle a réveillé le fantôme de son enfance, l'ombre qui se glissait la nuit dans sa chambre avec une lampe de poche, « Tu ne diras jamais rien, tu le jures ? ».

Il a joui. Il s'étonne d'être parti seul. Elle ne desserre pas les lèvres. Il dit :

— Je ne te sens pas, ici. Je ne sais pas avec quoi ils te shootent, ces chamanes, mais je ne te reconnais plus. Rentre avec moi. J'ai presque terminé le livre et j'écris le scénario en même temps, c'est notre bébé, j'ai besoin de toi.

Elle a rassemblé tout son courage pour lui dire « D'accord ». Un « D'accord » vague et neutre qui englobait les émotions de Yannis, son aveuglement, ses discours, et ne l'engageait à rien.

Le lendemain, elle l'a raccompagné à l'aérodrome. Elle lui a dit qu'elle rentrerait dans deux ou trois semaines, le temps de passer la main aux inspecteurs de l'Unesco. Elle mentait pour qu'il parte, pour clore la discussion. Ils buvaient des bières sur la terrasse surplombant la piste. Elle n'en pouvait plus de l'homme qu'il était devenu – ou qu'il était resté, plutôt. C'est elle qui l'avait idéalisé, qui le découvrait à présent sous son vrai jour. Où était le fils du tilleul de Jeanne d'Arc, le garçon léger qui marchait dans le vide, le funambule en perdition dans une vente aux enchères qu'elle avait aimé de tout son être ? Elle n'avait plus devant elle qu'un jaloux transi, rigide, martelant ses certitudes et ses ultimatums : il ne pouvait plus vivre sans elle, il ne toucherait jamais plus une autre femme, il l'épouserait dès qu'ils auraient fini leur livre et serait le père de ses enfants.

Elle l'avait laissé dire, ravalant ses larmes derrière un sourire fixe, répondant merci à ses serments d'amour, attendant l'addition comme une délivrance. Elle aurait tout donné pour entendre ces phrases, quelques mois plus tôt. À présent elles cassaient tout – en premier lieu l'illusion qu'elle avait choisi son avenir. Ce n'était pas un choix : c'était un sacrifice d'amour pour se conformer aux refus et aux attentes des autres. Confier son enfant à la tribu qu'elle espérait sauver, et revenir comme si de rien n'était vers l'homme qui n'en voulait pas... Elle avait réussi à se faire croire que c'était sa nature, sa mission, son destin. Elle ne voulait plus revenir. Avec ou sans l'enfant. Elle ne pouvait plus.

À l'embarquement, de l'autre côté des barrières, elle avait agité la main comme tous ceux qui restaient. Et puis elle avait tourné le dos. Dans le fleuve qui menait à sa tribu, elle avait jeté son téléphone Internet.

En renonçant à l'amour de sa vie, elle ne renonçait pas à l'amour ; elle renonçait à la vie. Du moins à tout ce qui n'était pas l'enfant qui grandissait en elle.

La séparation

Il est rentré d'Amazonie plein de rancœur et d'impatience, croyant que le poids de son absence allait lui ramener Tristane, alors qu'en réalité elle s'était sentie allégée dès son départ. Il lui écrit, elle ne lui répond pas. Elle n'ouvre plus ses mails. Jour et nuit, il relit la lettre qu'il a trouvée dans l'avion. La feuille pliée qu'elle lui a glissée dans sa poche sans qu'il s'en rende compte, à l'embarquement, pendant qu'il l'embrassait.

« Je t'aimerai toujours, Yannis, mais d'un amour universel, inconditionnel, total. Un amour qui ne s'arrête pas à nos corps, à nos limites, à nos personnes. Nous avons vécu des rêves forts et des moments rares. Tu m'as révélé le plaisir physique, l'état modifié de conscience auquel il nous permet d'accéder, mais c'était juste une étape, une très belle

étape, un point de non-retour : je ne veux pas revenir en arrière dans tes bras. Cet état, maintenant, il me sert à communiquer avec le monde des arbres, le seul où je me sente à ma place, acceptée pour ce que je suis, pour ce que je veux, et non pour celle qu'on voit en moi.

Je ne rentrerai pas en France et tu ne reviendras pas ici, car tu m'es trop précieux pour que je te perde en me reniant, ce qui serait le seul moyen de nous retrouver. Je sais que tu me respectes, et que tu sortiras grandi comme moi de ce fulgurant printemps que fut notre couple.

Je ne veux pas te bloquer dans nos souvenirs, Yannis, mais j'aimerais que tu continues d'habiter l'atelier. Te savoir le gardien de ma vie passée est important pour moi. Contrairement à ce que pourrait laisser croire cette lettre, je ne suis pas une femme qui tourne la page.

Je ne t'oublierai jamais, et notre éloignement n'est qu'une étape, encore, une étape nécessaire qui nous prépare à autre chose, qui sait ? Mène à bon port notre livre, notre film... Je suis avec toi dans chaque mot, dans chaque scène. Mais continue d'aimer les femmes, c'est ton chemin. Ne te mortifie pas dans notre amour, ne confonds pas la fidélité et l'égoïsme. Il y a tant de petites Manon que tu

peux encore aider, révéler à elles-mêmes. Je serai
présente dans chacune d'elles, si tu le désires.
   Fais de moi ce que tu sens, Yannis. Moi je te
garde au fond de mon cœur, sans capacité de jouis-
sance mais libre de tous droits. »

Il déteste la dernière ligne. Si elle avait fini
sur un « je t'aime » ou un « pardon », il aurait
pu se résoudre, se détacher, s'abstraire. Mais
cette formulation juridique, ce faire-part qui
sonne comme un non-lieu a tué l'espoir plus
sûrement que ne l'aurait fait une lettre de rupture.
   Et moi, dans tout ça ? Depuis leur séparation,
ils se posent beaucoup de questions, mais pas
la plus importante en ce qui me concerne : qui
a la garde de l'arbre ? Ballotté entre les regrets,
les doutes et les griefs qu'ils ressassent au fond
d'eux, je subis leurs souffrances en simultané,
dans l'atelier de Montparnasse comme chez les
Indiens, et cette ubiquité constante, cette double charge de détresse est assez invivable.
   Alors j'essaie d'échapper à leurs pensées pré-
sentes en me retranchant dans mon passé, même
le plus sombre – au moins il est clos, chevillé
par des émotions connues, des douleurs appri-
voisées. Je repars en arrière, je rebrousse chemin

dans les anneaux concentriques de ma mémoire. Je m'efforce de réanimer tous mes amis de passage. Jeannette ma brûlée vive, qui lança dans les flammes de mon bois une malédiction qui me colle toujours à l'écorce... Le poète Mironte, qui cherchait l'inspiration sous mes ombrages pour célébrer sa muse tandis qu'elle le trompait dans le lit du marquis... Frère Octave, offert en sacrifice à l'Être suprême, qui mourut la corde au cou en me criant « Vive Dieu ! »... Alfred Dreyfus, réhabilité mais brisé, qui puisa en moi le courage du silence pour ne pas hurler *sa* vérité au général Mercier, son bourreau aux mains propres...

Je tente de remettre en scène l'Anglais tombé du ciel qui m'initia à moi-même, la cantatrice épurée qui me donna un nom d'opéra, le médecin qui m'aima comme un fils et tailla des stylos dans mes branches... Tous ceux qui firent de moi, pour quelques minutes ou durant des années, leur compagnon d'infortune.

Comme personne ne répond, j'essaie de faire revenir le petit garçon en haillons que je n'ai pas connu, et qui pourtant squatte ma mémoire en mangeant les fruits d'un autre arbre... Mais c'est peine perdue : je n'arrive pas à retrouver l'autonomie de ma conscience, je ne peux me soustraire à Tristane et Yannis. Je dois aller au bout de leurs vies. Est-ce mon enfer ou bien mon purgatoire ? Faut-il qu'ils se désaiment pour de bon et qu'ils m'oublient pour qu'enfin j'aie droit au repos, à l'hiver éternel ? C'est ce vide auquel, à présent, j'aspire. Je n'ai plus peur du néant, au contraire. Je ne veux plus me sentir exister. Je m'épuise sans croître, et c'est tellement contre nature pour moi. À quoi sert de me survivre ainsi, sans utilité ni objectif ?

Les saisons changent pour rien, dénuées d'effets sur moi. Quel intérêt d'assister à l'explosion du printemps sans y prendre part ? Quel intérêt de ressentir l'été sans y puiser des réserves pour l'hiver ? Quel intérêt de capter les premiers signes de l'automne sans éprouver l'état d'alerte habituel, lorsque les araignées rouges attaquent mes voisins conifères et que la pollution de l'insecticide, aggravée par la chute des aiguilles acidifiant mon sol, m'oblige à modifier mon alimentation ? Je m'ennuie.

Yannis a interrompu mon livre, arrêté dans sa tête les images de mon film. Il n'a plus la force de travailler. Il passe ses journées à boire pour oublier le passé, tandis que Tristane épuise ses nuits à se droguer pour entendre une forêt condamnée lui demander un autre avenir.

Chacun fuit l'amour qu'il pense avoir tué. Et moi qui fus leur trait d'union, je ne sais comment dissiper le malentendu, le mensonge par omission. J'aimerais tellement réussir à *communiquer*, mais je ne peux que percevoir, participer de manière intermittente aux destins qui se sont liés au mien.

Un soir, Yannis a pris mes lamelles de placage polies, vernies, assemblées en reliure pour accueillir les premiers volumes de mon histoire – l'édition originale, numérotée, déjà achetée par des collectionneurs. Il les a jetées au feu. Il a brûlé le dernier travail de Tristane sur mon bois – le symbole de leur collaboration, de notre union.

Désaffectée à cause des produits inflammables entreposés dans l'atelier, la cheminée a refoulé, puis le conduit s'est écroulé sur mes cendres. Yannis m'a insulté, maudit. C'était ma faute si Tristane l'avait quitté pour une forêt. Je lui avais volé son amoureuse comme j'avais volé son fils à Georges Lannes.

– Oui, tu portes malheur ! Ils avaient raison, tous ! Il va se passer quoi, maintenant, tu vas m'asphyxier avec ta fumée, comme Georges et Hélène ? C'est ça ? Je t'emmerde !

Les hurlements de sa cuite ont fini en quinte

de toux. Il a ouvert toutes les fenêtres. Et moi je ressentais une souffrance qui n'était plus seulement la sienne. L'homme qui avait adopté ma cause et mon point de vue, dans des écrits qui ne verraient pas le jour, venait de donner raison à mes ennemis. Comment lui en vouloir ? En même temps que les blessures de l'ego, je découvrais le pardon.

Peut-être son enfant me rendrait-il justice un jour.

Elle l'a mis au monde avec un détachement qu'elle accepte. Elle a toujours su qu'il ne serait pas à elle, qu'il ne lui était pas destiné, qu'elle n'était que l'intermédiaire humain entre un poirier des Yvelines et la jungle amazonienne. Elle sait que Toé, l'enfant que lui a demandé la forêt, sera le chamane ultime, celui qui arrêtera la guerre absurde entre les hommes et leur Terre.

Elle l'a confié aux femmes de la tribu, dès sa naissance, pour parfaire l'initiation commencée au stade fœtal, et elle est repartie au combat. Elle a formé des élèves parmi les Shiranis, révélé des artistes qui désormais impriment dans le bois vivant leur imaginaire et leur savoir. Et elle a lancé une campagne internationale pour que les gens adoptent ces arbres comme cela se fait avec les baleines, afin de pouvoir exercer un recours légal et personnalisé contre leur mise à mort.

Mais un coup d'État s'est produit et le rêve de Tristane a tourné court. Une junte militaire a pris le pouvoir autour du territoire indien. Les inspecteurs de l'Unesco, venus classer la forêt des Shiranis au Patrimoine mondial de la bio-diversité, ont été arrêtés pour espionnage.

Tristane a trouvé la mort sous les bulldozers, quand l'armée est venue aider la compagnie pétrolière à dégager le site. Les arbres qu'elle avait sculptés de leur vivant pour pérenniser la culture des chamanes se sont couchés autour d'elle, dans un double hommage à l'artiste et à la guerrière.

L'ingérence

Il a appris la nouvelle aux informations. Le visage de Tristane a occupé l'écran trois secondes, puis un ministre français a demandé à ses ressortissants de quitter le pays par mesure de sécurité.

Yannis éteint le récepteur. Dans les trébuchements de l'alcool, il cherche les brouillons qu'il ne transforme même plus en mails. Les lettres où il l'engueulait, la menaçait, la criblait d'amour, la prenait à témoin de sa douleur et de son ridicule, s'efforçant tour à tour de la blesser, de la faire rire, de lui manquer – les lettres où elle était vivante. Il parcourt l'atelier, lentement, hagard, incrédule. Il regarde les esquisses, les études, les ébauches, les œuvres en cours qu'elle ne terminera pas. Il touche les palettes, les poutres, les traverses de chemin de fer, tout ce matériel de récupération qui attendait son heure, qui attendait d'inspirer Tristane, de lui suggérer d'autres formes, d'autres rêves…

Alors seulement, il s'abat sur le sol et pleure. Il a pétrifié sa vie pour faire revenir celle qu'il aime. Il s'est sculpté lui-même dans l'immobilité de l'espoir, de l'obstination, du renoncement au reste. Et brusquement tout cela n'a plus de sens.

Il retourne au salon, se rue sur le bureau, fracasse son ordinateur. Puis il ouvre le tiroir où il a mis sous clé mon manuscrit en souffrance. Il l'emporte à la cuisine. Il le jette dans l'évier, l'arrose d'alcool et gratte une allumette. Non, Yannis… Pourquoi ? Ce n'est pas ma faute. Passe encore pour la reliure, mais là, c'est le meilleur de toi que tu brûlerais… Tout ce que Tristane t'a fait construire sur notre rencontre.

Il jette l'allumette, regarde les feuilles se consumer. Où sont la joie, le sentiment de libération que j'ai ressentis lors de ma première flambée dans la chaumière ? Là, ces pages qui s'enflamment me font presque aussi mal que le bûcher de la petite Jeannette.

Il retourne à son bureau, laissant ma vie se carboniser une dernière fois. Il soulève ma statuette, enlace la femme de bois, le totem de

Tristane. Au plus profond de lui, je sens le poids de la décision qu'il vient de prendre. Il veut la rejoindre.

Mais c'est stupide ! Elle le recevrait encore plus mal qu'en Amazonie ! Il n'a donc rien compris ? Je ne capte plus les sentiments de Tristane, mais je la connais : elle attend de lui qu'il vive pour deux, pas qu'il meure pour elle ! Il a une œuvre à poursuivre, une forêt à venger, un fils à découvrir...

Il ouvre la porte-fenêtre, sort. La terrasse donne sur de jeunes marronniers, une cour d'école. Il ne va quand même pas se jeter dans le vide ? Non, il arrache des feuilles de laurier-rose – la plante qui me dérange le plus au monde. Cette calamité de général Mercier en avait fait planter à côté de moi pour drainer le sol, soi-disant. Tout est toxique dans le laurier-rose, des racines aux feuilles jusqu'au pollen des fleurs qui contaminaient les miennes avec la complicité involontaire des abeilles. Heureusement que les propriétaires suivants ont arraché ces saletés. Je ne comprends pas que Tristane en ait mis sur sa terrasse.

Il va dans la cuisine, coupe les feuilles dans un verre d'eau, y verse de l'eau chaude. Non ! pas ça... Il n'a pas le droit de mourir par une plante, pas après ce que nous avons vécu ! C'est un contresens, une trahison... Je m'y oppose catégoriquement. Je ne connais pas l'avenir, pourtant je sais que sa vie n'est pas terminée, que son rôle vient à peine de commencer dans l'histoire qui s'est nouée autour de ma chute, dans cet amour qui me maintient en veille. Mais la veille ne suffit plus. Il va se tuer. Il est mon dernier relais, ma dernière prise de terre. Sans lui je disparais, et je ne le veux plus.

Il s'assied à son bureau. Les yeux rivés au regard en bois de Tristane, il approche le verre de ses lèvres. De toutes les forces d'empathie et d'interaction que j'ai pu développer avec le monde extérieur, j'appelle au secours, j'exige un événement, un imprévu, un accident qui suspende sa décision. Au moment où il s'apprête à commettre l'irréparable, moi aussi je veux *passer à l'acte*. Puisse l'énergie de son désespoir s'unir à la violence de ma détresse, puissent nos refus de la réalité présente s'allier contre le cours des choses...

Le téléphone sonne. Il sursaute. Je ne sais pas si c'est moi ou le hasard, mais il pose son verre, il décroche. C'est l'avocate de la famille Lannes. Elle lui présente ses condoléances, lui rappelle qu'il est occupant à titre gratuit, et que les ayants droit de Tristane le prient de libérer l'atelier d'ici la fin du mois.

— Ce sera fait, dit-il en raccrochant.

Ses doigts se referment sur le verre de laurier. Il n'est même pas choqué. Ces gens qui avaient tenté de faire annuler l'adoption de leur jeune sœur, quand elle n'était qu'une artiste inconnue, se précipitent sur son héritage dès l'annonce de sa mort. C'est la nature humaine, c'est tout. La diversion que j'ai tant espérée a pour seul effet de lui confirmer que son geste s'impose.

Le téléphone retentit à nouveau. Il hésite, laisse sonner cinq fois, finit par répondre.

— Yannis, alors, où vous en êtes ? Vous approchez de la fin, j'espère.

Il ne peut retenir un sourire dérisoire. Décidément, tout le monde s'est donné le mot. Il rassure son producteur.

— À la bonne heure ! Je continue de chauffer le distributeur et les chaînes, mais faut bien qu'on leur file du concret. Je peux lire ?

— Je vous rappelle, Dimitri.

— Non, non, ça va, j'suis en bas. C'est quoi, le code ?

— Je descends, s'empresse Yannis.

Il raccroche, secoue la tête en tournant vers

la statuette un regard où la consternation se mêle à une sorte d'ironie incrédule. Comme s'il s'était surpris à admettre un instant que l'âme de Tristane ait pu lui signifier son désaccord à travers un coup de téléphone.

Avec un soupir, il enfile un blouson, chausse des boots. La vie a gagné un sursis. Mais ce n'est pas suffisant ; il ne faut pas que je relâche la pression. Plus j'ai la sensation d'avoir un effet sur les événements, plus mon besoin d'ingérence grandit.

Sur le palier, Yannis croise sa voisine, une boule de buis taillée au cordeau qui lui demande s'il compte venir à l'A.G. Il met un temps à comprendre de quoi elle parle.

— L'assemblée générale de mardi.

— Je verrai, madame Rupinot.

Elle le toise. Un sourire affûté allonge ses lèvres en lame de faucille.

— Vous avez lu l'ordre du jour ? Vous pouvez toujours demander un pouvoir à votre compagne, mais ça ne changera rien au résultat du vote.

— Quel vote ? demande-t-il en lui ouvrant la cabine d'ascenseur.

— La démolition de votre verrière qui empiète sur les parties communes. Nous sommes tous pour, et nous serons tous là.

174

Il referme l'ascenseur sur elle, et descend par l'escalier. Devant la porte cochère, le grand Russe en parka de cuir le serre contre son ventre.

— Alors, mon auteur préféré, la vie est belle ?

Personne n'écoute les informations, apparemment, ou bien déjà on y parle d'autre chose. Le producteur monte avec lui à l'arrière de sa limousine qui démarre.

Sur le trottoir, un jeune à capuche et sac de sport regarde s'éloigner la voiture. Il pivote vers madame Rupinot qui sort à son tour de l'immeuble. Dès qu'elle a le dos tourné, il bondit pour glisser le pied entre les deux battants, avant que la porte se referme.

Je sens une vibration continue dans ces différents événements. Est-ce ma demande qui a provoqué cette réponse en série, ce renfort de perturbations destiné à détourner Yannis de son acte ?

Dans la cage d'escalier où m'a ramené le jeune homme, voilà qu'apparaît en surimpression le premier écrivain de ma vie. C'était l'année de la grande sécheresse. J'en ai longtemps porté la date sur mon écorce, gravée par sa plume. 21 juillet 1782 – son dernier alexandrin. J'étais en train de fabriquer des atomes de calcium et des protéines pour lutter contre le manque d'eau. Il fallait que mes feuilles s'amenuisent, que les nouvelles pousses se mettent en dormance, que mes racines s'allongent... Au lieu de m'arroser, le poète Mironte puisait l'inspiration sous mes branches. Ce personnage pathétique, le visage poudré comme un pollen de bouleau, arborant deux corolles de rose à joues sous ses yeux charbonneux, pleurait ce jour-là en sillons noirs qui déplâtraient ses rides. L'auteur du *Poirier aux Amours* venait d'apprendre l'infidélité de sa muse, qui se faisait embroquer au château pendant qu'il lui cherchait des rimes. Après avoir écrit la date sur mon tronc, il s'est ouvert les veines.

J'ai tenté d'appeler au secours, de toutes les forces de mon organisme, comme lorsque j'attirais les prédateurs de mes parasites en leur diffusant les phéromones appropriées. Ça se faisait tout seul, habituellement, dans un réflexe de défense. Là, c'était la première fois qu'un instinct autre que la croissance, la reproduction ou le danger me provoquait une réaction en chaîne. C'était l'instinct de la survie *d'un autre*.

Mon appel au secours est resté sans réponse. Je ne disposais pas des fonctions nécessaires. Ni le calcium ni les protéines ni les hormones n'avaient le moyen d'émettre un message de solidarité en direction des humains. Personne n'est venu sauver le poète. Il s'est vidé de son sang dans mon sol et mes racines l'ont bu. Est-ce dans la blessure de cet échec que je puise la force d'entraver, aujourd'hui, le suicide du deuxième auteur que j'inspire ?

J'essaie de me recentrer sur Yannis, mais rien n'y fait : le souvenir de Mironte me garde chevillé malgré moi aux mouvements du jeune inconnu qui, sur la pointe des pieds, grimpe droit vers l'atelier. Alors je me connecte à ses pensées. Il est au courant, lui, de la mort de Tristane. Quelqu'un de sa cité, qui travaille chez l'épicier d'en bas, a déjà livré des cartons d'eau minérale chez la sculptrice du cinquième, et la radio vient de lui apprendre combien valent ses morceaux de bois.

Il introduit un engin dans la serrure, ouvre en dix secondes. Il repousse la porte derrière lui, fait le tour de la pièce avec ses gants, remplissant son sac de sport. Il a une commande précise. Que des petites pièces, pas plus de cinquante centimètres. Les têtes indiennes en micranda, les guerriers d'Afrique en okoumé, l'argent liquide dans le tiroir du bureau.

Il s'arrête devant ma statuette. Il hésite. Je ne suis pas sur sa liste, mais il est troublé par la sensualité joyeuse de la Tristane moulée dans mon bois. Pourtant, il n'aime pas les femmes. Et ce n'est pas un vrai voleur. Ils lui ont appris la technique, c'est tout. Il doit leur prouver qu'il est un homme. Sinon ils ne le reprendront pas dans l'équipe de foot de sa cité.

Les images qui émanent de ce gamin sont d'une clarté rare. Il n'y a rien d'obscur en lui, pourtant tout est caché, enfoui, refoulé. Des amours impossibles, des élans généreux dont personne ne veut. Des coups reçus, jamais rendus, la honte d'être seul et de ne pouvoir se défendre, les humiliations, les trahisons... Et malgré tout cela, un fond d'espoir, une énergie passive, des rêves en hibernation, une force qui attend.

Je n'ai jamais rencontré ce type d'humain. Lorsque son gant se referme sur mon bois, je ressens quelque chose qui ressemble à de l'allégresse. Oui, j'ai soudain envie de neuf. Envie que mon histoire continue. Envie d'être volé. Envie d'être à lui.

— Monsieur Karras ?

On pousse la porte. C'est madame Rupinot. Elle entre en parlant. Son ton n'est plus le même.

– Je viens d'apprendre, à la boulangerie.
Indépendamment des parties communes, je
vous prie d'accepter mes condo…

Elle lâche sa demi-baguette en découvrant le
jeune qui s'est figé, sac à l'épaule et moi dans
les mains. Il se rue vers la sortie. En une fraction
de seconde, elle sort une espèce de bombe insecticide et lui barre la route en pulvérisant.

– Lâchez ça ! Les mains en l'air !

Sa capuche a glissé, il se protège les yeux avec
son bras. Elle pulvérise de plus belle en brail-
lant :

– Prends ça dans la gueule, sale Arabe ! Les
mains en l'air, j'ai dit ! À genoux !

Elle s'est fait agresser trois fois dans la rue, à
ce que je vois dans sa tête. Il va payer pour les
autres.

– Tu vois ce que ça fait, hein, salaud ?

Serrant les dents sur la douleur aveuglante, il
me balance en réflexe devant lui. Un coup de
socle ouvre le crâne de la vieille. Elle lâche son
spray, vacille. Puis elle tombe comme un peu-
plier, droite et raide.

En travers du tapis, elle ne bouge plus. Il
reprend son souffle, affolé, se penche sur elle.

– Madame… P'tain, madame, répondez…
Ça va ?

Il lui secoue l'épaule, du bout des gants. Elle est toute molle, inerte. Il se relève en serrant un cri au fond de sa gorge, regarde le sang qui imprègne mon bois, fourre la statuette dans le sac et décampe. Spontanément je veux le suivre, mais je ne peux pas. Une force me retient sur place. Le décor change. Me voilà au milieu d'une famille inconnue que la vieille rabroue. Un enterrement. Elle est moins vieille. Encore plus jeune, à présent : elle se marie. On l'agresse sur le trottoir. Elle est vieille à nouveau. Elle vote la démolition de la verrière. Elle persécute ses enfants, leur refuse son aide, fait la morale. Elle est petite fille à l'école, punie, au coin.

Mais qu'en ai-je à foutre de revivre sa vie dans le désordre ? Je suis l'arme du crime, moi, c'est tout, ce n'est pas ma faute ! Il n'y a même pas de crime, d'abord : elle est juste dans le coma. Comme l'élagueur qui était tombé de ma branche, au temps du docteur Lannes. Pourvu qu'elle meure, qu'elle me lâche et que je puisse rejoindre ma statuette !

C'est un enfer, l'esprit de cette femme. Tous les défauts de la Terre, et persuadée d'être dans le vrai, le bon, le juste. Toujours raison, jamais un doute sur elle, les autres sont nuls et tout le monde l'envie. La bêtise, la méchanceté, la bonne conscience… Les seuls moments où elle exprime une parcelle d'humanité sont les trois agressions qui tournent en boucle dans sa tête : son sac à main, son téléphone, son collier de perles.

Je ne vais quand même pas rester prisonnier de ses pensées à cause d'un éclat de bois dans son cuir chevelu ? Faites que je me libère de cette torture, pitié…

Voilà que je prie. Qu'est-ce qui m'arrive ? Les différents dieux que j'ai subis au contact des hommes m'ont prouvé combien ils étaient inexistants et toxiques. La seule force créatrice, c'est la vie, l'intelligence qui organise et qui aime en connaissance de cause. Je n'ai rien à faire dans l'ego borné de cette femme. Mon Dieu, qui que vous soyez ou non, ne m'abandonnez pas.

La renaissance

Yannis sort de l'ascenseur, se fige. En voyant passer la civière sur le palier, sa première pensée est qu'il y aura une voix de moins pour la démolition de la verrière. Puis il découvre que sa porte est ouverte, se précipite. Une jeune femme en uniforme de police lui barre le passage dans le vestibule.

— On n'entre pas, monsieur.

— Mais... c'est chez moi. Enfin, chez ma compagne.

La jeune femme le regarde en haussant un sourcil, étonnée par la différence d'âge. Il dissipe le malentendu, parle de Tristane, de l'Amazonie, du coup d'État. Elle a entendu le drame aux infos, l'assure de sa sympathie. Il la remercie. Elle dit qu'elle aime beaucoup l'*Arbre de Paix* que Tristane a sculpté au mont des Oliviers, à Jérusalem. Il acquiesce, raconte la genèse de l'œuvre. À trente centimètres du dessin à la craie figurant le corps de la voisine, le ton est celui d'un vernissage.

— Ça va, monsieur ?

Il serre les dents, s'efforce de dissiper le malaise dans un sourire. Je l'aide autant que je peux, essayant de diffuser toute ma joie d'avoir réintégré ses pensées.

— Ça va ? insiste-t-elle.

— Ça va aller, oui.

Il n'en est pas sûr encore, mais il en accepte l'idée. Elle a des yeux vert amande, de courts cheveux châtaigne et une allure de biche aux aguets sous l'uniforme. En quelques secondes, Yannis a repris goût à la vie, redécouvert après tant de mois le plaisir de plaire. Incrédule et dépassé, il se sent renaître.

Leur regard se prolonge. Elle se ressaisit la première, demande si l'on a volé quelque chose. Il découvre l'absence de la statuette. Le signe, si c'en est un, le bouleverse. Elle note les caractéristiques de l'objet. En décrivant mon bois et les formes de la sculpture, il ne peut s'empêcher de jauger le corps de la jeune femme sous l'uniforme un peu trop grand.

— Audrey, tu lui as demandé s'il connaissait

la victime ? interroge son collègue, un renfermé à lunettes.

— Madame Rupinot, cinquième gauche, se contente de répondre Yannis sans quitter Audrey des yeux.

Il a soudain honte de lui. Honte de se prendre en flagrant délit de désir, au moment où il est en train de fermer sa vie. Plus rien ne le retient : il vient de saborder son projet de film, de raconter au producteur qu'il n'a rien écrit, de lui signer un chèque en bois pour rembourser l'avance, et voilà qu'il bande comme si de rien n'était devant un officier de police.

Il se détourne vers l'infusion de laurier-rose, sur la table. Alors il se met à regarder la réalité en face : il porte depuis deux heures le deuil d'une femme qui l'a largué voilà un an. La lourdeur du fardeau ne dépend que de lui. De sa façon d'imaginer ce qu'elle aurait aimé qu'il fasse. Se tuer à sa mémoire, ou obéir à ce qu'on peut considérer désormais comme ses dernières volontés : la lettre qu'elle lui avait glissée, sur le terrain d'aviation. *Continue d'aimer les femmes, c'est ton chemin... Il y a tant de petites Manon que tu peux encore aider, révéler à elles-mêmes. Je serai présente dans chacune d'elles, si tu le désires.*

Audrey relève les yeux, voit le regard qu'il

pose sur son alliance. Elle enfouit la main dans sa poche, en réflexe, se sent rougir et assume le sourire compréhensif sur les lèvres de Yannis.

— Qui vous a prévenus ? s'informe-t-il pour diluer le trouble.

— La concierge. Elle a vu partir le voleur, mais elle n'a donné qu'un signalement très vague : un jogging, une capuche, un sac en toile. Ne touchez à rien : l'équipe technique va venir relever les empreintes.

Il suspend son geste en direction du verre de laurier. Il le jettera plus tard.

— C'est vous qui avez brûlé ces documents, monsieur ? lance l'autre flic dans la cuisine.

Ils le rejoignent. Yannis confirme. Audrey contemple les cendres dans l'évier, les restants de feuilles carbonisées. Elle l'interroge du regard.

— Je suis écrivain, précise-t-il. Enfin... j'écris.

Elle hoche la tête, comme si elle comprenait la nuance. Puis elle glisse d'un air administratif :

— Il faudrait que vous veniez au commissariat, pour signer votre plainte.

— Avec plaisir, dit-il, le plus neutre possible. Je vais me changer.

– Ce n'est pas non plus à une heure près, se reprend-elle, mais Yannis est déjà dans le couloir.

– Je reste ici pour attendre la technique, laisse tomber son collègue d'un air morne.

Sur le palier, elle conseille au plaignant d'appeler un serrurier. Il acquiesce, en la regardant se diriger vers l'escalier.

– Vous ne prenez pas l'ascenseur ?

– Non, c'est shabbat. Ou alors c'est vous qui appuyez sur le bouton.

En guise de réponse, il s'engage dans l'escalier, pour laisser planer un doute attractif sur sa religion. Son vieil instinct de dragueur, censuré depuis si longtemps par sa passion en vase clos, s'est exprimé spontanément, sans contrainte.

À travers les yeux d'Audrey, je perçois la patine de son charme : les yeux en ciel d'automne à peine ridés d'un trait de nuage, les cheveux longs grisonnants emmêlés comme des lianes de vigne vierge en hiver – tout l'attrait d'un paysage désolé qui ne demande qu'à reverdir.

Je suis rassuré. Je ne lui serais plus d'aucun secours, au contraire. Il est vital pour lui de m'oublier, de laisser reposer Tristane.

– Vous écrivez sur quoi, en ce moment ?

questionne Audrey entre le quatrième et le troisième.

Il hésite un quart de seconde et, tout naturellement, puise la réponse dans un passage de ma vie.

— L'affaire Dreyfus, répond-il d'un ton pénétrant.

Sans remords sinon sans regrets, je suis retourné dans ma statuette.

Le confident

Je gis derrière une grille d'aération, au fond d'une cave. De temps en temps, Rafik vient me sortir de ma cachette et me raconte sa vie, me prend à témoin de ses projets, de ses dilemmes. L'objet volé est devenu pour lui une sorte de confident.

Il a profondément changé, comme madame Rupinot, et somme toute grâce à elle. Lorsqu'elle est sortie du coma, ce n'était plus la même femme. Elle était douce, sereine, gentille. Dommages irréversibles dans le cerveau, a dit le médecin à ses enfants. Pour eux, c'est la meilleure issue possible. À la place d'une rancunière égoïste acharnée à leur perte, ils auront une mère aimante qu'ils pourront mettre sous tutelle.

Rafik a tant voulu que sa victime survive que rien n'est plus pareil, depuis qu'il a été exaucé.

Il n'est pas redevenu croyant pour autant, il a trop honte de ce que les « frères » ont fait d'Allah dans cette cité, mais il se sent redevable, sans savoir à qui. Alors, dans le doute, il se dévoue pour les autres. Il a monté une association d'aide aux minorités de la cité : les athées, les artistes, les non-chômeurs qu'on rackette, les homosexuels, les filles sans voile, les allergiques au foot... Ils font de la musique, du théâtre, des expos photo, vont voir des musées à Paris, protègent les enfants contre les dealers, manifestent pour la réhabilitation du quartier.

Le pestiféré d'antan, ratonné par les siens au nom d'un Dieu censé ne pas aimer les hommes qui aiment les hommes, est devenu au fil des mois une figure respectée. Il fait des conférences, convoque la presse et les pouvoirs publics, donne des idées, obtient des crédits, montre à ses anciens bourreaux et à leurs proies potentielles que la délinquance n'est pas le seul moyen de s'en sortir.

Mais au fond de lui, il est ailleurs. C'est par la perspective d'être riche qu'il s'est amendé. Il se prépare à sa vie future : il se cultive dans les magazines de déco, les petites annonces de luxe. Il forme son goût, son caractère pour être à la hauteur du destin qui l'attend. D'ici là, il prend sur lui. Le garçon qu'il aime en secret, Damien, un blond pâle converti musulman, vient de se fiancer à la sœur de Mouloud, l'imam du bloc G. Ce n'est pas par amour, c'est juste dans l'espoir que les « frères » financent le jeu vidéo qu'il a conçu, mais quand même... Rafik m'ouvre son cœur, me confie sa détresse, sa solitude, comme si l'effigie de Tristane était l'image de la mère qu'il n'a plus, de la femme qu'il n'aura jamais.

J'aime nos rapports. J'aime ses caresses souvent pudiques, parfois moins. Je suis la féminité inaccessible, en même temps que la garantie de son avenir. Il sait par les infos que, depuis la mort de ma sculptrice, je vaux un demi-million d'euros : le jour venu, il pourra me fourguer pour le tiers de la somme à un pote de Bachir qui, m'a-t-il expliqué, brasse du lourd avec Dubai.

Je ne comprends pas tout ce qu'il pense, les images qu'il m'envoie sont trop neuves, mais, dans le conduit obscur où il me détient, mon horizon s'élargit. Je n'avais jamais eu d'islamiques dans mes parages. Je ne connaissais pas cet Allah, cette divinité qui tend à remplacer le Dieu des croisades qu'avaient inventé les chrétiens pour occire les Arabes – œil pour œil, Dieu pour Dieu. Ça leur passera. J'ai vu tant de massacres au nom de tant de causes qui ont sombré dans l'oubli. La Terre régule, le sol boit le sang, les arbres demeurent. Qui se souvient à part nous que le mot religion a la même origine que le mot intelligence ? Créer des liens, mettre en évidence les interactions entre les diverses formes de vie...

Du fond de mon sous-sol, je sens que le monde va mal, que l'être humain se condamne chaque jour davantage, et que ce qu'il appelle « la nature » prépare un grand renversement. Mais je ne suis plus à même d'y prendre part.

Mes absences sont de plus en plus longues. Rafik doit être heureux ou occupé ; ses confidences s'espacent. Du côté de Yannis, ce n'est guère mieux : Audrey ne lui laisse pas le temps de penser à moi. Elle l'obsède autant qu'il la perturbe. L'attirance immédiate qu'elle a ressentie pour lui a bouleversé tous ses repères, remis en cause tout ce qui comptait pour elle. Officier de police, fille de rabbin, femme de juge, deux enfants, l'assurance du bonheur dans la stabilité : aucun de ses garde-fous n'a fonctionné.

Il a tout de même mis six mois à l'attirer dans son lit. Six mois à compulser tous les documents militaires, toutes les archives secrètes déclassifiées sur l'affaire Dreyfus, pour étayer son mensonge de la cage d'escalier. Ce prétendu livre en cours qu'il avait mentionné dans un simple réflexe de séducteur, voilà qu'il se retrouve pour de bon en train de le commencer. En fait, Yannis a besoin d'écrire avec et pour une femme. De partager à voix haute des phrases qui s'assemblent, un univers qui se crée par le son, l'image et l'émotion sous-jacente. De marier les tâtonnements, les fulgurances de la narration aux pulsions, aux odeurs de l'étreinte. D'unir le plaisir au style, de confondre création et jouissance. L'absence de Tristane était aussi cruelle dans son cœur et ses tripes que devant le papier. Sans elle, l'écriture n'avait plus de sens, et le sexe dénué d'enjeu littéraire n'était qu'une gymnastique facultative.

Avec Audrey, à nouveau, il sent les mots fourmiller dans le désir. Il espère, de toute son âme, que la biographie du capitaine Dreyfus aura les mêmes vertus aphrodisiaques que les mémoires d'un poirier. Et c'est ainsi que je suis revenu dans ses pensées.

Au temps où il constituait mon dossier pour les Arbres remarquables de France, il avait pris en note le récit d'une aubergiste du village. Ses grands-parents, disait-elle, avaient eu l'honneur de servir un sauté d'agneau à Alfred Dreyfus en 1921, après sa réhabilitation. Le vieux monsieur était venu déjeuner en famille, un dimanche. Hasard ou déplacement prémédité ? Il avait appris que l'ancien ministre de la Guerre se reposait non loin de là, chez une parente. Après le fromage, il avait abandonné les siens durant une heure. Aux dires des aubergistes, il était revenu bouleversé, silencieux. Il avait réglé l'addition et la famille était repartie.

Yannis a mis des semaines à reconstituer l'heure inconnue. Il a imaginé, extrapolé, tourné en rond, perdu pied dans sa documentation. Et puis un matin, au réveil, il m'a écouté. Il m'a rendu la parole.

La greffe

Il fait beau, c'est le début du printemps, le général Mercier s'apprête à me charcuter — son obsession habituelle depuis qu'il séjourne ici. Il se retourne en entendant le grincement du portail. Quelqu'un marche vers lui. Un vieil homme maigre à lunettes rondes, voûté, enroulé dans une écharpe en laine, serré dans un pardessus hors saison.

— Bonjour, mon général.

— Bonjour, monsieur, s'étonne le jardinier du dimanche. Nous nous connaissons ?

— Dreyfus.

Auguste Mercier se crispe, relève son menton de médaille. Il a quatre-vingt-huit ans, et presque toute sa tête. Sa bonne conscience, en tout cas, est intacte.

— Dreyfus... Alfred ? parvient-il à articuler,

incrédule devant le délabrement de ce sexagénaire qui fait plus vieux que lui.

— Je ne dirai pas : « Pour vous servir », mon général. Mais c'est moi, oui. Ne craignez rien : je suis simplement de passage.

— Et qu'aurais-je à craindre ? se cabre le général en salopette. Vous avez eu ce que vous vouliez, non ?

Le silence s'installe autour de moi. Mercier reprend sa besogne, achève de me scier une branche. Au bout d'un moment, face à l'immobilité impassible de son visiteur, il développe :

— Regradé dans la cour des Invalides, là même où l'on vous avait dégradé cinq ans plus tôt. Réhabilité par la justice, promu chef d'escadron à la Direction de l'artillerie à Vincennes, officier de la Légion d'honneur, deux mille trois cent cinquante francs de retraite... Inespéré, tout cela, non ? Qui oserait dire après cela que la France est ingrate ? Et pourtant... Mes condoléances pour votre fils.

— Mon neveu, répond Dreyfus d'une voix raide. C'est mon neveu Émile qui a été tué sur le front, général.

— Ah. J'ai pourtant une excellente mémoire. On m'aura induit en erreur. Et vous, commandant, cette guerre ?

— Je suis lieutenant-colonel, à présent.

— Mobilisé en tant que réserviste, nuance l'ancien ministre en incisant mon écorce sur cinq centimètres. Il paraît que votre unité vous traitait en héros, à Verdun. Le héros de l'Affaire. Même pas besoin de briller au combat. Voyez, au bout du compte, je dis cela sans amertume : malgré vos années d'indisponibilité, vous aurez fait une carrière plus rapide que la mienne.

Souffle coupé, Dreyfus le regarde abandonner le couteau dans la plaie pour sortir de sa poche ventrale un greffoir. *Indisponibilité.* Voilà comment il nomme cinq années de déportation à l'île du Diable, enchaîné au secret dans une case de trois mètres sur trois. Les humiliations, les fièvres, les araignées géantes, les cauchemars incessants, les lettres de Lucie qui n'arrivent pas, ou alors ouvertes, rayées, amputées...

— Vous êtes familier des poiriers, Dreyfus ?

L'interpellé met quelques secondes à revenir au présent. Il frissonne. Sa famille lui reproche ces absences fréquentes, son regard qui se perd au-delà des conversations, les prunelles dilatées dans la fumée de sa pipe.

— Les poiriers, général ?

— Oui, les poiriers, s'impatiente Mercier, en soulevant mon écorce avec une spatule. C'est un poirier que vous avez devant vous, là. Passez-moi le greffon.

Dreyfus suit le regard de son supérieur, ramasse le rameau étranger posé dans l'herbe, le lui tend. L'autre le remercie, lui explique que je suis censé donner des Vilgoutées, les poires préférées de Louis XIV, mises au point par La Quintinie au potager de Versailles – certainement les plus succulentes du monde. Mais celles que je produis sont absolument dénuées de saveur. Tout en taillant le greffon sur la face opposée de l'œil le plus bas, Auguste Mercier poursuit d'un air soucieux :

– Le problème du poirier, Dreyfus, c'est qu'à la différence de l'être humain, il a besoin du métissage pour se maintenir à la hauteur de ses origines. Car il se multiplie par semis de pépins, mais le semis présente un grave inconvénient : il ne permet pas d'obtenir des fruits identiques à celui dont provient la graine. Ils sont dénaturés, abâtardis, présentent tous les défauts des espèces inférieures. Fâcheux, n'est-ce pas ?

– Très, commente sobrement Dreyfus en contemplant avec une consternation résignée cet homme qui, après avoir menti à la France entière pour l'envoyer au bagne, lui donne vingt-sept ans plus tard un cours sur les poires.

– Il convient donc de forcer la nature. D'employer l'arbre obtenu par semis comme simple intermédiaire : on appelle cela un *franc*. On l'utilise comme porte-greffe, afin de récolter les fruits qu'on souhaite.

– C'est de moi que vous parlez ?

Concentré, le général termine l'épaulement derrière l'œil du greffon, puis se tourne lentement, plisse les paupières pour dévisager sa victime à contre-jour.

– C'est drôle, ce que vous dites. C'est exactement cela. Je n'avais jamais songé au parallèle, mais oui… Vous avez été un *franc*, Dreyfus. Un excellent porte-greffe, et la France a pu récolter de grands fruits grâce à mon opération.

Le sang quitte le visage du visiteur, comme une sève descendante qui se répand dans le sol.

– Comment pouvez-vous prononcer de telles paroles, général Mercier ?

Un sourire allonge les lèvres minces de l'ancien ministre de la Guerre, tandis qu'il m'introduit le greffon jusqu'à l'épaulement.

– Allons, allons, colonel, détendez-vous. Il y a prescription. Et l'Histoire a tranché : c'est grâce à nous deux que la France a gagné la Grande Guerre. Grâce au greffeur et au porte-greffe. Si je ne vous avais pas transformé en traître, et si vous ne vous étiez pas montré à la hauteur de ma stratégie...

Il laisse sa phrase en suspens, absorbé dans l'aplatissage de l'écorce. Alfred Dreyfus, d'un geste nerveux, remonte ses lunettes rondes sans le quitter du regard.

— Vous avouez, général. Vous avouez enfin vos mensonges.

— Je n'avoue rien : j'explique. Et arrêtez de le prendre de haut. C'est grâce à moi qu'un juif comme vous a pu faire une telle carrière d'officier. Vous me devez tout : votre admission à l'École de guerre, votre stage à l'état-major...

— J'étais sorti neuvième sur quatre-vingts, s'insurge Dreyfus, les doigts crispés sur son écharpe, avec mention « très bien » !

— Ça, on me l'a assez reproché ! Toute la presse importante m'accusait d'avoir pourri l'état-major en y installant des juifs qui, par essence apatrides, constituent des traîtres en puissance. Vous en êtes le démenti vivant, Dreyfus. Vous avez toujours été soldat avant d'être juif. C'est pourquoi vous avez accepté votre mission. Passez-moi le raphia.

— Je vous demande pardon ?

— Le raphia, là, par terre. Pour que je ligature le greffon.

Dreyfus ne bouge pas. Il fixe le jardinier d'un regard glacial.

– « Ma mission » ? Quelle mission ?

– Vous étiez au courant dès le début. Et vous avez accepté. Si on ne me l'avait pas garanti, j'aurais pris quelqu'un d'autre.

– « On » ? Qui, « on » ? Et au courant de quoi ?

Dreyfus a crié, le regard révulsé.

– Écoutez, colonel... Vous êtes à la retraite, je ne suis plus sénateur depuis trois mois, inutile de nous raconter des histoires...

– Quelles histoires ?

Mercier mord sa moustache, soupire, se baisse péniblement pour ramasser le rouleau de raphia.

– C'est triste, de vieillir... J'ai presque trente ans de plus que vous, et c'est moi qui dois vous rafraîchir la mémoire ?

Il se redresse, prend une longue inspiration et, d'un ton d'artilleur, formule en rafales tout ce que Dreyfus se refuse à imaginer, à admettre depuis vingt-sept ans.

– Le seul moyen de vaincre les Allemands, après la pâtée de 1870, c'était de leur faire croire que nous persistions à développer le canon de 120 à recul court, alors qu'en secret nous mettions au point le nouveau 75 à recul long. Une merveille, mais qui ne serait opérationnelle que dans cinq ou six ans. J'ai donc fait en sorte que ce débauché corrompu de commandant Esterhazy tombe « par hasard » sur un faux rapport confidentiel des manœuvres d'artillerie. J'étais sûr qu'il irait le vendre, aussi sec, à l'attaché militaire de l'ambassade d'Allemagne…

— Tout va bien, Auguste ? demande la propriétaire qui est sortie sur le seuil de la chaumière, alertée par l'éclat de voix du visiteur.

— Je suis en rendez-vous ! lui lance sèchement son parent, avant d'enchaîner tout en engluant ma greffe : Malheureusement, ce patachon de Schwartzkoppen ne voulait pas être mêlé à une affaire d'espionnage, alors il a jeté le bordereau des documents dans sa corbeille à papier, en sachant très bien que sa femme de ménage travaillait pour nos services secrets. Lesquels se sont précipités pour me dire : « Nous avons un traître à l'état-major. » Évidemment que nous avions un traître : je l'avais fabriqué ! Et ces crétins allaient tout foutre par terre ! J'étais obligé de diligenter une enquête, et je ne pouvais pas les mettre dans la confidence : c'était trop tard, ils étaient trop nuls. Je n'avais qu'une seule solution : trouver un faux traître, pour protéger le vrai. Parmi les officiers d'état-major en stage d'artillerie, à l'époque, vous étiez le seul juif. Je vous ai choisi. C'était crédible, ça me dédouanait par rapport à la presse antisémite, et vous aviez donné votre accord.

— Quel accord ?

— Jouer le jeu.

— Le *jeu* ? Mais qui a dit ça ?

— Vos amis.

— Quels amis ?

— Je ne sais plus… L'entourage de Maurice Weil, le mari de la maîtresse du général Saussier… Deloye, aussi, votre directeur d'artillerie, qui répondait de vous… Et vous-même, à votre procès, quand vous avez déclaré : « Dans cinq ou six ans, les choses s'arrangeront : on découvrira le mot de l'énigme que je ne peux expliquer. » Toute votre défense s'est bornée à : « Je suis innocent » et « Vive la France ».

— Et que vouliez-vous que je dise d'autre ?

— Arrêtez ce numéro, Dreyfus ! « Cinq ou six ans », c'était le délai de mise au point du canon qui nous rendrait invincibles ! Vingt coups par minute, au lieu de quatre chez les Allemands qui, grâce à moi, ont cru que nous nous obstinions à améliorer notre vieux 120 obsolète ! En 1898, à quel régiment les tout premiers 75 furent-ils affectés ? À un seul sur quarante : le vôtre ! Vous avez perçu l'hommage, tout de même !

— L'hommage ? s'étrangle Dreyfus. Vous m'avez fait condamner par le Conseil de guerre en transmettant à mes juges, alors même qu'ils délibéraient, des pièces secrètes qui étaient des faux !

— Bien obligé : votre dossier était vide. Et vous, de surcroît, vous aviez la preuve absolue de votre innocence. Si, dans un moment d'égarement, vous l'aviez divulguée...

— La preuve ? Quelle preuve ?

— Mon chef d'état-major... Comment s'appelait-il, déjà ?

— Le général de Boisdeffre.

— Voilà. Cet empaillé mystique qui s'est cloîtré en pénitence dans son château de la Sarthe, quand il a compris qu'on avait envoyé au bagne un innocent qui refusait de se défendre... Il n'était au courant de rien, lui, sauf d'une chose : vous ne *pouviez* pas techniquement disposer des informations vendues aux Allemands puisque, sur son ordre de dernière minute, les officiers stagiaires comme vous n'avaient pas assisté aux manœuvres d'artillerie. Je l'ignorais, naturellement, sinon je ne vous aurais pas sélectionné. Mais vous, si vous avez tu la preuve de votre innocence, c'est bien que vous étiez en service commandé. Ça commence à se savoir, même au Sénat.

Après quelques secondes, Dreyfus rétorque d'une voix blanche :

— Et le fait de vouloir simplement protéger, par mon silence, l'armée française d'un scandale qui l'aurait entachée à jamais ?

— En sacrifiant votre honneur, votre liberté et votre famille, sans en avoir reçu l'ordre ni négocié le prix ? Vous vous moquez, Dreyfus. Jamais un être humain n'accepterait pour rien de souffrir ce que vous avez souffert.

Dreyfus secoue la tête, abasourdi. Mercier se dit qu'il est gâteux, stupide ou sincère – quelle importance à présent. Il repasse une couche de colle pour m'empoisonner un peu plus la sève. Tous ces efforts, cette énergie que je vais devoir gaspiller à nouveau pour rejeter cette greffe incompatible...

— J'ai juste une question, mon général. Si pour vous, dans ma cellule, j'étais un agent en mission, pourquoi, au Sénat, avez-vous voté contre ma réintégration dans l'armée ?

— Voter pour, c'eût été admettre que l'armée avait commis une erreur en faisant de vous un traître, alors que c'était un plan. Mon plan ! Et il a marché ! Même si les incapables qui m'ont succédé n'ont rien compris à l'enjeu ! Même si les aveux et le suicide de cette buse de commandant Henry ont fait savoir à la Terre entière que les pièces à conviction de votre procès étaient fausses ! Et même si ce benêt de Zola m'a diffamé dans son « J'accuse » en prétendant que j'avais été abusé par *faiblesse d'esprit*. Moi ! *Faiblesse d'esprit !* J'ai tout conçu, tout réussi, trompé les Allemands, les juges, la presse, fabriqué le traître idéal qui, sa mission terminée, a pu jouer les héros tandis que moi, hein, moi, qui m'a remercié pour la victoire de nos canons, qui se souvient que j'existe, qui vient me rendre visite, à part vous ?

— Auguste, le soleil se couche, il faut rentrer, s'égosille la grosse dame depuis le seuil.

— L'ingratitude de la France, ressasse Mercier en rebouchant son pot de colle. Trois voix. À l'élection présidentielle, j'ai eu trois voix. Ils m'ont préféré ce petit sauteur de Félix Faure ! On a vu comment ça a fini ! Et vous ! Tous vos amis, vous savez ce qu'ils pensent et racontent dans votre dos ? Que vous desservez votre cause. Pas une fois, pas une seule vous n'avez dit que si l'armée vous avait désigné comme coupable, c'est que vous étiez juif. Et pourtant, c'est la seule raison. Vous n'êtes pas allé au bout du martyre, Dreyfus, ni de sa dénonciation ! Même votre cher Clemenceau l'a déclaré : vous n'êtes pas à la hauteur de ce que vous avez subi.

Dreyfus serre les mâchoires. Il regarde sa montre à gousset. Il est tard, sa famille va s'inquiéter. Il recule d'un pas, et sort de sa poche ce qui, au départ, était le but de sa visite. Il dit froidement :

— D'habitude, je vais les jeter dans la Seine. J'espère simplement que, cette fois, ce n'est pas un retour à l'expéditeur.

Le général regarde la médaille qu'il lui tend, la prend dans sa paume, l'approche de son visage.

— Mais... c'est moi.

— C'est vous, oui. Et c'est la plus grande blessure de ma vie. Le pire, voyez, ce n'est pas la haine, l'injustice, la prison... C'est de me dire que, juste au moment où la France, enfin, me rend mon honneur, la même année, elle frappe cette médaille.

L'autre contemple, autour de son profil taillé à la serpe, l'inscription gravée en demi-cercle : *Au général Mercier, justicier du traître Dreyfus.* Il écoute d'une oreille, les yeux mi-clos, la voix hachée de son visiteur qui poursuit :

– J'en reçois régulièrement, depuis quatorze ans, sous pli anonyme. Avec des petits mots du genre : « On ne t'oublie pas, salaud. » À chaque fois, c'est le même calvaire, la même blessure qui se rouvre.

– Merci, dit le général en empochant la médaille. Je n'en avais plus. Je les ai toutes données à ma famille qui les a perdues – ou vendues… La nature humaine, vous savez, je ne me fais plus d'illusions.

– Allez, sois raisonnable, Auguste.

Il jette un regard de reproche à sa parente qui est venue lui couvrir les épaules d'une pèlerine.

– Ne faites pas attention, monsieur, glisse-t-elle discrètement à l'attention du visiteur. Il ne se rend plus compte de ce qu'il dit.

– Ce n'est rien, murmure Dreyfus.

– Bonne chance, lui lance le vieux général en ramassant ses instruments de torture. Souhaitez-moi bonne chance pour la greffe.

L'ancien bagnard regarde notre tortionnaire s'éloigner vers la chaumière. Puis il appuie son front contre mon tronc, enfonce les ongles dans l'écorce et éclate en sanglots silencieux. Toute sa détresse me traverse jusqu'au bois de cœur.

Le poids de cette douleur, de ce secret en lui qui a tout pétrifié, c'est peut-être mon souvenir le plus lourd. Plus lourd encore que les morts que j'ai vécues à travers une brûlée vive, douze pendus, le suicide d'un poète ou l'exécution d'un enfant. Parce que la mort est un point de départ, une ouverture que j'essaie d'accompagner de mon mieux – tandis que là, que répondre au silence qui a muré toute une vie ? Ce silence d'homme apparemment libre qui est pour lui la pire des prisons.

Il s'est résolu depuis le temps à endurer tout seul le devoir de réserve. Mais entendre ce vieux manipulateur à la conscience nette balancer sans vergogne ses turpitudes et ses complices, le voir étaler au grand jour le confidentiel défense et le déshonneur de l'armée, c'est une indignité plus horrible à ses yeux que celle dont on l'a frappé puis gracié. Que pèse une innocence en souffrance, face à la culpabilité agressive de ce « justicier » de la France ? Ce menteur qui croit de bonne foi que, si un juif se tait, c'est parce qu'on a acheté son silence. Pour Dreyfus, ce n'est pas la pire des infamies dont on l'ait accusé, mais c'est la plus pernicieuse. Parce que le général Mercier, ce chef que jadis il a vénéré, la trouve *normale*. Comme si elle expliquait tout.

Il s'arrache à mon écorce, rajuste son écharpe et s'en va dans le soleil déclinant. Je reste seul avec ma greffe, qui ne prendra pas davantage que les précédentes. Et ce sera la dernière : dans dix jours, Mercier sera mort. Mon écorce ne tardera guère à effacer les incisions du vieux guerrier de jardin. Mais la blessure laissée par Alfred Dreyfus ne se refermera pas.

✳

— C'est vrai ? murmure Audrey en reposant les feuilles sur le lit. Ça s'est vraiment passé comme ça ?

— Je n'en sais rien, répond Yannis, mais je le sens. Qu'ils l'aient formulé ou non, c'est ce qu'ils avaient à se dire, à ce moment de leur vie. L'auteur ne peut qu'extrapoler, faire la synthèse entre les documents, les psychologies en présence et l'intuition.

L'intuition... En reconstituant la scène autour de moi, en opposant la tragédie d'un être humain au dérisoire d'une greffe de poire, Yannis n'a pas seulement réactivé la blessure d'Alfred Dreyfus. Pourquoi ai-je l'impression que toutes les situations que je lui inspire sont là pour m'aider à percer un secret ?

— Il y a une chose qui me gêne, Yannis, c'est la médaille. Tu vas trop loin, là. On n'y croit pas.

– Regarde sur eBay.

Il prend son ordinateur, se connecte. Sidérée, elle découvre sur l'écran l'une des médailles frappées en l'honneur du général Mercier, en 1906, après la réhabilitation de Dreyfus par la Cour de cassation.

– Je vérifie tout, Audrey. Surtout ce que je pense avoir inventé.

– Viens.

Elle lui a tendu les bras, ouvert son corps, et ils ont fait l'amour à la mémoire d'Alfred Dreyfus. C'était la première fois qu'elle trompait son mari. C'était la première fois qu'une femme reprenait le rôle de Tristane. Elle manquait de tempérament, d'imagination ; elle était d'une beauté douce, gênée, malhabile, sans comparaison possible. Mais elle était si touchante dans sa peur du plaisir qu'il décida, pour l'apprivoiser plus avant, de continuer à creuser le sujet qui la passionnait. De lui consacrer le temps qu'il faudrait – le restant de sa vie, peut-être.

C'est ainsi que Yannis, à force de patience et d'empathie sexuelle, devint un grand historien de l'antisémitisme. Et qu'il tomba pour de bon amoureux de la femme qui l'avait ramené du côté des vivants.

Audrey se révéla une amante bien plus captivante qu'il ne l'avait cru de prime abord. La victoire inattendue qu'elle avait remportée sur ses principes et ses scrupules avait débridé en elle une fantaisie insatiable, une générosité sans calcul issue d'un égoïsme enfin comblé. Aucun drame n'avait jamais pesé sur sa vie, sauf celui qu'elle avait décidé d'assumer par avance, si jamais son mari apprenait leur liaison. C'était une surdouée du bonheur, une virtuose de l'harmonie, qui s'émerveillait de pouvoir aimer deux hommes à la fois sans cesser d'être elle-même. Yannis découvrait, dans ses bras, que la passion pouvait sans dommages naviguer en eaux calmes, et le fait de partager son amoureuse ne le rendait pas jaloux, au contraire : il trouvait d'autant plus excitant et flatteur d'atteindre une telle fusion avec une femme qui, par ailleurs, continuait à être heureuse indépendamment de lui.

Délaissant le souvenir de Tristane pour se conjuguer au présent d'Audrey, Yannis ne m'offrait plus de point d'accroche. Je finis par sortir de sa mémoire, emporté au gré des rêves d'un musulman incertain, qui avait transféré sur moi l'espoir qu'avait cessé de lui inspirer son Dieu.

La rencontre

Savoir qu'on aurait les moyens de changer son destin, du jour au lendemain, peut suffire à compenser les épreuves et les frustrations d'une vie. Rafik n'a jamais vendu la statuette. Je suis resté enfermé dix-neuf ans dans un conduit d'aération, au deuxième sous-sol de la cité des Mains-d'Or.

Après avoir développé son réseau associatif, mon ancien voleur était devenu conseiller municipal de sa banlieue, en charge des activités culturelles. Il a épousé Damien, veuf de Salima que ses frères avaient lapidée pour blasphème. Pendant des années, il l'a soutenu dans sa douleur, sa dépression, l'a aidé à faire de *Save the World*, le jeu en ligne qu'il avait inventé, une micro-entreprise qui a fini par donner du travail à tous les jeunes de la cité. Même après que

Damien, remis sur pieds, était allé vivre dans un paradis fiscal avec un homme plus jeune.

Parti de zéro, Rafik avait construit sa vie sur ses idées, son courage, ses chagrins, et non sur un coup de baguette magique en m'échangeant contre l'argent d'un receleur. Au début, j'étais pour lui la clé d'un rêve – je ne suis plus à présent que le symbole d'une tentation vaincue.

Il m'a exhumé de ma cachette, ce matin, m'a laissé voir dans ses pensées tous les événements que j'avais manqués, ainsi que l'avenir qu'il venait de me choisir. D'un coup, je suis sorti de l'oubli. J'ai dû me réaccorder aux humains, me remettre en phase avec leur mode de perception, leur actualité, leur court terme... Et, à nouveau, il a fallu suivre le mouvement.

Me voici au fond d'un sac à bandoulière, calé par du papier bulle dans un colis de carton. Sur son scooter à piles, Rafik est allé me poster dans un bureau parisien, pour éviter d'impliquer sa commune.

Dans la case réservée au nom de l'expéditeur, il a inscrit : *Tristane.*

Le monde a changé, pendant mon absence. Il y a moins de voitures, mais parce qu'il y a moins de gens. Le processus amorcé de mon vivant par mes congénères s'est confirmé : les arbres ont entrepris de réguler la planète. Essayer de vous ouvrir les yeux, vous aider à comprendre que, pour éviter de disparaître, vous ne devez plus seulement respecter votre environnement, mais vous modifier *de l'intérieur*, c'est désormais tout le combat des chamanes. Notamment celui de Toé.

Né au cœur d'une forêt détruite, il ne s'est pas contenté d'engranger le savoir de sa tribu pour communiquer avec le monde végétal. Il parle six langues, il a étudié aux États-Unis le droit international, obtenu un master de sciences économiques et soutenu une thèse sur la gestion des énergies renouvelables. Ses compétences et son habileté procédurière lui ont permis de gagner au tribunal les batailles perdues dans la jungle. Il a fait condamner des États, ruiné des compagnies pétrolières à coups de dommages et intérêts, imposé à l'ONU une Déclaration des droits de l'arbre.

Mais ce n'est pas seulement le rapport de forces qui lui donne l'avantage ; c'est le charisme. Sa puissance de conviction sereine diffuse un tel bien-être qu'il est difficile de lui résister. C'est un rêveur qui *déborde*, envahit le monde et colonise les autres avec ses visions qui deviennent le point de vue général. Est-ce un hasard s'il porte le nom indien de la datura, cette plante dont son peuple extrait, suivant le dosage, un poison toxique ou le moyen d'entrer en harmonie avec les esprits de la forêt ?

Sans commandements divins, sans appareil sectaire, s'appuyant uniquement sur les médias, les cours de justice et les industries polluantes cherchant à se refaire une virginité dans le bio, il diffuse l'urgence et la possibilité pour l'homme de redevenir compatible avec la nature, avant qu'elle ne l'éradique.

Le jour où Rafik l'a découvert sur Internet, sa vie a basculé. C'était le portrait vivant de sa statuette. C'était *un Tristane*. La réplique en homme de cette image de femme qui avait provoqué son crime et sa rédemption, qui lui avait tenu lieu d'espoir, de boussole morale et de talisman.

Le chamane était de passage à Paris pour l'inauguration du musée des Bio-z-Arts, où il finançait une salle consacrée aux dernières forêts primaires. Les héritiers Lannes, de leur côté, avaient prêté quelques œuvres de Tristane pour entretenir sa cote, et invité dans un geste de charité médiatique le dernier compagnon de l'artiste, qu'ils avaient consenti à garder dans l'atelier de Montparnasse en échange d'un loyer exorbitant.

Yannis est venu au dîner de gala. C'est là que père et fils ont découvert leur existence mutuelle. L'un est resté en état de choc devant la ressemblance. L'autre a senti leur vibration commune, tout simplement, le temps d'une poignée de main échangée au milieu des flashs. Le reportage qu'a vu Rafik les montrait posant devant les bois sculptés, avec un sourire de circonstance.

Toé, que les Shiranis avaient élevé comme un demi-dieu dans le culte de sa déesse mère, n'avait jamais songé à réclamer un héritage autre que spirituel, ni à rechercher son géniteur inconnu. Et il était trop tard pour que Yannis en veuille à Tristane de lui avoir caché la naissance de leur enfant. Il se contenta d'agir, en accord avec lui. Le test ADN et la reconnaissance de paternité n'eurent qu'un effet immédiat :

rétrograder les héritiers Lannes au dernier rang de la succession. Pour les sentiments, on verrait ensuite.

Yannis accueillait ce coup du sort dans un mélange d'exaltation et de fatalité. Avec un certain décalage, la vie finissait toujours par lui apporter ce dont il avait décidé de se passer. Comme Georges Lannes lui avait fourni, en son temps, le plus attachant des pères de substitution, Toé lui offrait sur le tard les joies d'une paternité à sa convenance : un enfant déjà élevé, brillant, autonome, dont il pouvait être fier à juste titre en n'y étant pour rien. Mais, surtout, le fait que l'esprit et le combat de Tristane se trouvent ainsi perpétués, grâce aux gènes qu'elle lui avait empruntés à son insu, lui donnait la plus stimulante des chances de rachat. Il n'avait pas su aimer la femme de sa vie, la comprendre entre les lignes, la suivre sur son terrain, partager ce qui lui tenait à cœur. Il ne referait pas la même erreur.

Toé réagissait un peu de la même manière. S'il ne voyait pas l'intérêt de créer entre eux, du jour au lendemain, une relation père-fils en mémoire de Tristane qui, de toute manière, ne l'avait pas souhaité, il était d'accord pour laisser le temps et les affinités éventuelles creuser les bases d'une amitié.

En fait, ce fils tout neuf débarquait au bon moment dans la vie de Yannis. Audrey lui avait offert vingt ans de bonheur adultère, partageant le meilleur de sa vie : ses fantasmes, ses recherches, son écriture et les polémiques salutaires déclenchées par ses trois volumes de révélations croisées sur l'affaire Dreyfus, la fabrication d'Hitler et le gouvernement de Vichy. Elle l'aimait d'une passion aussi déraisonnable que réfléchie. Dans les bras et les pages de Yannis, elle avait découvert la véritable Audrey, sans pour autant cesser de donner à sa famille, à sa communauté, à ses collègues l'image qui leur était nécessaire – et dont elle ne pouvait se passer. Elle continuait à jouer son rôle, encore mieux peut-être depuis qu'elle savait que ce n'était qu'un rôle. Toutes les audaces sexuelles que lui inspirait Yannis, elle en faisait profiter son époux : ça n'atténuait pas ses remords, mais ça les rendait productifs. Au bout du compte, elle raffolait autant de ces vies parallèles qu'elle en souffrait en secret, mais elle

savait que si elle renonçait à l'une, elle condam-
nerait aussi l'autre. Alors autant garder le meilleur des deux. D'autant qu'elle ne ressentait
aucune usure.

Pour Yannis, c'était un peu différent. Continuer à la voir en cachette avait su préserver la
fraîcheur de son désir, de livre en livre, mais le
confort avait pris le pas sur la passion. Le fait
qu'elle ait conservé son mari l'autorisait à la
tromper de temps à autre sans lui être infidèle,
dans un souci d'équilibrage plus que par réel
plaisir, d'ailleurs – si ce n'est l'orgueil d'entretenir, à près de soixante-dix ans, son aura d'éternel célibataire inaccessible. Ils formaient, pour
lui, le couple idéal. Et elle feignait d'éprouver
le même sentiment afin de préserver leur harmonie.

Mais tout changea le jour où Yannis fit une
rupture d'anévrisme. Il s'en tira de justesse, et
décida qu'il avait davantage besoin désormais
d'une infirmière à domicile que d'une maîtresse
intermittente. Il demanda Audrey en divorce.
Elle finit par accepter, et fut profondément cho-
quée de ne susciter chez son mari qu'une sorte
de soulagement. Depuis des années, le magistrat
fermait les yeux par amour sur ce qu'elle croyait

être un secret, et il souffrait en silence dans l'espoir de la garder à moitié. En acceptant la liquidation de cette communauté de mensonge, il avait retrouvé l'estime de soi. Et la honte rétrospective avait brisé le cœur d'Audrey. C'est dans ce contexte que le facteur déposa mon paquet chez Yannis. En découvrant la statuette qu'on lui avait volée vingt ans plus tôt, son émotion fut d'autant plus grande qu'il put la partager. Entre lui et Toé, le symbole prit aussitôt la valeur d'un message. C'est par mon bois que Tristane s'était construite ; c'est par lui que ses deux héritiers sentirent une volonté posthume encourager leurs liens.

Le chamane dit :

— Il n'y a pas de hasard.

Si, justement. Sauf que le « hasard » n'est que la projection de vos pensées, conscientes ou non, qui, arrivées à une certaine maturation ou renforcées par la volonté d'autrui, acquièrent une forme d'autonomie et se matérialisent. Mais beaucoup de ces rêves se perdent en route et, en regard du but à atteindre, le chemin est parfois tellement disproportionné... Pour en arriver aujourd'hui à ce signe de ralliement entre deux étrangers père et fils, il fallut une volonté de

suicide, un cambriolage, le coma d'une copro-
priétaire, vingt ans d'écriture adultère au service
du judaïsme, la quasi-destruction de la forêt
amazonienne et la rédemption d'un petit voleur
de banlieue.

L'exposition

Ma statuette avait achevé son rôle. Pour Yannis, je n'étais plus qu'un objet dont il avait fait son deuil, un souvenir trop chargé de douleur et d'absence. Il m'a donné au musée des Bio-z-Arts, pour compléter la rétrospective consacrée à Tristane.

Rafik est venu au vernissage. Pendant le discours prononcé par le fils de l'artiste, leurs regards se sont croisés à plusieurs reprises.

— En offrant aux êtres végétaux les formes de son imaginaire, Tristane lançait un message aux générations futures. Si nous continuons à détruire les arbres, ils nous détruiront. Si nous réapprenons à fusionner avec eux, si nous renouons avec nos origines, si nous nous souvenons que, dans la tradition chamanique, ils nous ont créés comme des ambassadeurs mobiles destinés à accroître leurs connaissances, leurs interactions et leur puissance de rêve, alors nous éviterons ce que, par prétention aveugle, nous appelons la fin du monde... et qui signifie simplement notre disparition.

Il y eut des applaudissements polis, abrégés par la ruée vers le buffet. Toé descendit du podium et, sans écouter les compliments du conservateur, se dirigea droit vers Rafik. Il le fixa dans les yeux et, gravement, le remercia pour son geste. Il n'eut même pas besoin d'un regard vers la vitrine où j'étais exposé. Mon voleur d'antan sentit le sang monter à son visage. Le chamane poursuivit, serein :

— Le fait d'avoir gardé *Rêve de l'Arbre* avec vous, toutes ces années, a créé un lien très fort entre vous. J'imagine le poids de la séparation, et c'est en cela que je vous dis merci.

Rafik ne se sentit pas la faiblesse de nier. Il émanait de Toé une telle densité d'harmonie qu'il ne pouvait qu'entrer en résonance.

— Comment vous savez que c'est moi ? se borna-t-il à demander.

— Vos yeux. Vos yeux sur la statuette et sur moi, tout le temps des discours. Je n'ai vu que vous dans la salle.

Aussi honteux que flatté, la gorge serrée par

le trouble, Rafik s'efforce de botter en touche avec une lueur narquoise :

— C'est une proposition ?

— Elle est d'ores et déjà acceptée, nous le savons.

Avec un regard tacite, ils quittent la salle. Yannis les suit du coin de l'œil, les doigts crispés sur sa coupe de champagne. Ce n'est pas qu'il réprouve les mœurs de son fils, mais le jeune chamane réincarne à tel point le physique de sa mère que Yannis, à son cœur défendant, ne peut s'empêcher d'être jaloux des hommes à qui il s'intéresse.

Audrey se tient à l'écart, jouant avec aisance le rôle d'une maîtresse de maison sans foyer, souriant sous les mondanités d'usage, alors qu'elle est ballottée entre l'angoisse de l'avenir et le besoin d'évoluer. Elle ne restera plus long-temps dans la vie de Yannis. Depuis qu'elle a divorcé, qu'elle lui a sacrifié tout ce qui comp-tait en dehors de leur relation, elle éprouve beaucoup moins d'attirance pour lui. En deve-nant un mari possible, Yannis a perdu son pou-voir érotique, sa magie clandestine. Et le fait qu'un fils lui soit tombé du ciel, alors que les siens ne veulent plus la voir, n'arrange rien. Mais ce qu'elle refuse surtout, c'est que Yannis la considère comme une retraitée disponible, quand elle n'aspire qu'à une chose : découvrir enfin l'indépendance affective, la liberté solitaire, la sérénité d'une femme qui n'a plus rien à perdre parce qu'elle ne s'est rien refusé.

Yannis se dit tout cela en l'observant, de loin. Une grande bouffée de reconnaissance l'envahit. Comme s'il me disait merci une dernière fois pour toutes les connexions heureuses que j'ai opérées dans sa vie, du jour où il s'est mis en tête de faire de moi, en vain, un Arbre remarquable.

À la fermeture du musée, je reste seul derrière ma vitre de protection. Je devine le sommeil qui m'attend à nouveau. Peut-être pas aussi profond que dans le secret de mon conduit d'aération, mais combien de temps la curiosité des visiteurs lisant mes dix lignes de biographie sur le catalogue retiendra-t-elle mon attention ?

Au bout du compte, j'étais peut-être simplement destiné à servir d'instrument au hasard.

Depuis que j'ai opéré leur jonction, mes trois derniers amis se passent de moi sans problème. Rafik a découvert qu'un amour pouvait être heureux, et Toé se montre un parfait porte-parole des arbres, entraînant d'un continent à l'autre Yannis qui, avec l'impatience tardive des vieux pères, se fait un devoir d'apprécier chez lui tout ce qui le dérangeait chez sa mère. Il s'est accoutumé très vite, d'ailleurs. Notamment à l'*ayahuasca*. Sous prétexte de rattraper les occasions de partage qu'il avait ratées, il s'est jeté dans la drogue avec la frénésie méticuleuse qu'il réservait jusqu'alors à l'écriture et au sexe.

Impossible de me maintenir dans ses pensées, ni de reprendre tout seul le cours de mes souvenirs.

Je ne sais combien d'années ont passé. Mon exposition est devenue permanente, et ma conscience ne se réactualise que par intermittence. À travers les rares visiteurs qui s'intéressent encore à ma statuette, je prends de loin en loin des nouvelles du monde. Il va très mal ou beaucoup mieux, suivant l'angle choisi. Il y a de moins en moins de guerres religieuses, économiques, ethniques – mais simplement parce qu'il y a de moins en moins d'humains. Vous étiez prévenus. Vous auriez eu le temps de réagir.

La découverte scientifique majeure du précédent siècle, due à l'intelligence trop foisonnante de lord Hatcliff, vous ne l'avez pas prise au sérieux, elle ne vous a pas inspiré la moindre inquiétude avant que ses conséquences ne vous déciment. Pourtant, c'était dans l'ordre des choses : nous avons synthétisé vos hormones féminines, et nous les avons diffusées dans nos pollens en modifiant les dosages, comme nous le faisons depuis des millénaires afin de stériliser les prédateurs quand ils menacent notre survie.

Mais ça ne suffisait pas. Vos désherbants, vos pesticides et vos OGM étaient sur le point de détruire totalement les abeilles. Si nos fleurs n'étaient plus fécondées, presque tous les fruits et légumes allaient disparaître. Alors nous avons dû agir sur votre court terme. Désormais, nos pollens transportent également une dose massive de cortisol, l'hormone de la dépression profonde.

Nos méthodes de régulation font des progrès, voyez, elles aussi. Inciter le prédateur au suicide est la solution la plus écologique que nous ayons trouvée, pour que la planète dont nous sommes les gardiens demeure vivante et viable.

Ne vous plaignez pas : vous aurez évité ainsi l'extinction complète à laquelle se sont condamnés, par leur appétit ingérable et leur surnombre, les grands herbivores à la fin de l'ère secondaire. Plus besoin d'avoir recours aux météorites, à la glaciation ou aux volcans.

Le déstockage humain qui aura marqué la fin du XXIe siècle, en lieu et place du réchauffement climatique et de l'hiver nucléaire que prédisaient vos experts, n'est pas le Jugement dernier, mais c'est votre chance ultime. Car beaucoup d'entre vous, du coup, développent des gènes résistants à la dépression suicidaire. Ceux qui savent que le but de la présence sur terre, pour toutes les formes de vie, est l'accroissement de la connaissance à travers l'empathie, et que cette fonction ne peut s'accomplir dans la haine, l'aveuglement égoïste ou le désespoir.

Contre toute attente, la sélection naturelle qui est en train de s'opérer au sein de votre espèce est donc celle de l'amour, de l'intelligence et de la joie de vivre. Cela donnera une élite spirituelle beaucoup moins productive que ses devancières, mais beaucoup plus adaptée à nous. Encore quelques siècles d'évolution et vous correspondrez à nos critères.

Je dis « nous » à titre honoraire ; personnellement, je ne suis plus qu'une mémoire oubliée dans un musée fermé par manque de visiteurs. Yannis est venu me récupérer, lors de la dispersion des collections. Il m'a réinstallé sur son bureau, à la place que j'occupais avant d'être volé. Et tout ce que je suis en train de ressentir, c'est la substance même de son nouveau livre.

Je ne sais ce qui relève de l'actualité, de ses prémonitions ou de son imaginaire. Depuis que je suis coupé de mes racines, mes congénères ne m'ont envoyé aucune information. C'est Yannis qui est en relation avec les arbres, et qui diffuse ce qu'il croit être leur point de vue – pour le meilleur et pour le pire.

Il n'aurait pas dû se jeter à corps perdu dans le chamanisme. Toute prudence abolie par sa dépendance à l'*ayahuasca*, il a transmis le message sans précaution d'usage, et son traité de botanique-fiction a fait un malheur – le sien. Philosophes, politiciens, journalistes : tout le monde lui est tombé dessus. Comment oser réduire à un problème de pollen le désespoir inhérent à la condition humaine ? De quel droit accuser la nature d'un tel fascisme et lui donner raison ? On l'a traité de gâteux, d'illuminé extrémiste, on lui a conseillé d'arrêter de se shooter à la chlorophylle et Audrey en a profité pour le quitter, l'accusant de polluer par ses prophéties végétales la cause du peuple juif qu'il avait si brillamment servie dans ses précédents livres.

Désintoxiqué par l'humiliation, stimulé par ces volées de bois vert, c'est dans la solitude que Yannis a recouvré la santé, le goût de se battre, la rage de vivre. Mais, depuis qu'il a cessé de faire l'amour, le présent ne l'intéresse plus et il se désolidarise de l'avenir : c'est le passé qu'il travaille d'arrache-pied. Reprenant les investigations entamées autour de l'affaire Dreyfus, il exhume secrets, complots, déraisons d'État, disséquant sans relâche les manipulations mentales par lesquelles les religions, la politique, l'armée, la science, l'industrie, les intellectuels et les médias ont mené le monde où il est. Ses désillusions personnelles et sa défaite devant l'âge n'ayant trouvé d'autre exutoire, il dénonce de toutes ses dernières forces les mensonges officiels de l'Histoire. Il se venge en arrière.

C'est ainsi que, sans le savoir, il me ramènera à mes origines. J'en ai eu l'intuition fulgurante lorsqu'il a rédigé le plan d'une trilogie sur les guerres fratricides, trilogie qu'il commence à l'âge de bronze et qu'il a prévu d'achever à l'époque de sa naissance, en 1974, par la chute du régime des colonels en Grèce. Il pense être le fils de l'un d'eux : découvrir l'identité et les crimes de cet homme sera pour lui la meilleure façon de boucler son œuvre – mais c'est le tome d'avant qui m'intéresse. Il compte y explorer les aspects méconnus de la lutte entre catholiques et protestants, notamment le processus d'élimination des jansénistes dans la France de Louis XV. Le regain d'énergie que m'a donné soudain l'évocation de cet épisode doit signifier que, d'une manière ou d'une autre, j'y suis associé, et que la route de Yannis va probablement repasser une fois encore par la chaumière de Préval.

Mais ce n'est pas pour tout de suite. Il a pris un sérieux coup de vieux, il travaille beaucoup plus lentement qu'avant, il suit son plan à la lettre et, pour l'instant, il en est encore à la Guerre du gui entre les druides au temps de la Gaule.

Le cadeau d'adieu

Mille pages plus tard, j'occupe à nouveau ses pensées à plein temps.

Il a presque cent ans, il a perdu sa vivacité, son esprit de repartie. Mais il a toujours son regard myosotis et sa chevelure en lianes de givre. Sa longévité l'a remis à la mode. Il siège à l'Académie française, il préside plusieurs fondations et ses détracteurs sont devenus des flatteurs. Alors que personne ne l'écoutait quand il s'efforçait de transmettre des informations capitales, on s'extasie dès qu'il ouvre la bouche pour énoncer une platitude. Le mérite principal qu'on lui reconnaît désormais est de ne pas faire son âge. Mais le temps nous est compté.

Je suis en avant de lui, légèrement, tandis qu'il compulse les archives à la loupe, qu'il confronte les témoignages et les rapports d'enquête, qu'il effectue les recoupements, les vérifications nécessaires. J'ignore encore où il va, mais je lui éclaire le chemin, à ma manière, l'aidant par ce qu'il appelle l'intuition à chercher où il faut, à tomber sur les bons documents. Maintenant qu'il ne se drogue plus, j'ai moins d'efforts à fournir. Mais je ne sais toujours pas si c'est lui qui réveille ma mémoire, ou moi qui influence sa pensée.

À l'approche de sa fin, il revient sans cesse sur mes débuts. Une phrase anodine l'obsède, le réveille la nuit. Cette mention qu'il avait trouvée jadis dans les archives du presbytère de Préval : en 1731, lorsque Catherine Bouchet planta deux poiriers devant la chaumière de ses parents, ils mesuraient cinq pieds six pouces. Si le curé du village avait consigné cette information, c'est qu'il avait reçu une requête particulière, de la part de l'inconnu qui avait offert lesdits arbustes à la jeune femme : procéder sur eux à l'Adjuration de saint Michel.

À l'époque, Yannis s'était contenté de noter ce détail dans mon dossier de candidature aux Arbres remarquables, sans aller rechercher la nature de la prière évoquée. Il vient de la découvrir, en s'immergeant dans le début du XVIIIe siècle. Il s'agit d'un rituel d'exorcisme.

Quel cas de force majeure avait pu inciter l'Église à désenvoûter des arbres ? D'où venions-nous, à quel événement étions-nous associés pour qu'une telle requête fût jugée recevable ?

Plongé dans la tourmente religieuse qui agite Paris au début du règne de Louis XV, Yannis va suivre une hypothèse. Et il va trouver. Il va remonter, par des détours inattendus, jusqu'à la source de ma conscience : le drame dont je suis le fruit sans en avoir gardé le souvenir. Jeune arbrisseau replanté au petit bonheur dans une terre trop sableuse, j'avais dû fournir un tel effort pour m'adapter, mettre en conformité mes racines et mes radicelles avec ce nouveau milieu naturel, que les informations acquises dans mon précédent sol, désormais inutiles, s'étaient effacées. Mais elles commencent à se recomposer, au fil des recherches qu'entreprend Yannis.

C'est à la bibliothèque de Port-Royal qu'il découvre l'identité de la personne qui nous offrit à Catherine Bouchet : le chanoine Ferdinand Challes, conseiller de Mgr de Vintimille, archevêque de Paris. En cherchant les raisons de ce cadeau étrange, Yannis va tomber sur l'événement qui à l'époque mobilise l'archevêché : l'affaire dite des Convulsionnaires de Saint-Médard. Un invraisemblable scandale soigneusement édulcoré dans les manuels d'histoire, mais qui faillit mettre Paris à feu et à sang.

Quand Louis XV devient roi, à cinq ans, les persécutions contre les protestants sont à leur comble. Et le pape fait pression sur le jeune souverain pour que leur soient assimilés les jansénistes, ces « catholiques hérétiques » qu'il a condamnés en raison de leurs thèses sur la Grâce et la Prédestination. Mais les jansénistes jouissent d'une popularité considérable chez les petites gens, de par les guérisons miraculeuses qu'on leur prête – notamment celle de la nièce de Blaise Pascal.

C'est dans ce climat de répression et de contestation populaire que meurt le plus vénéré des jansénistes, le diacre François de Pâris. Une foule gigantesque se presse à son enterrement, au cours duquel une femme paralysée se déclare instantanément guérie. À partir de là, une véritable épidémie de miracles et de phénomènes inexpliqués s'abat sur la tombe du janséniste. Les fidèles qui désormais campent au cimetière Saint-Médard sont tous saisis d'étranges convulsions : ils se contorsionnent au-delà du crédible, sont totalement insensibles à la douleur et prophétisent à tout va.

Face aux milliers de personnes qui continuent d'affluer sur la sépulture du diacre, Louis XV ordonne la fermeture du cimetière. « Dieu, par ordre du roi, est interdit de miracle en ces lieux », ironise Voltaire. Mais rien n'y fait : les jansénistes convulsionnaires continuent de se produire en spectacle et de déclencher des guérisons dans leurs transes. Mieux, ils exigent qu'on les supplicie, qu'on leur tape dessus, qu'on les immole et qu'on les crucifie pour « transcender » les persécutions que l'Église fait subir à leur foi. Et ils rient sous les coups de massue et les flammes, et ils en redemandent, pour la gloire de Dieu.

Dans l'impossibilité de nier ou d'étouffer ces phénomènes, l'Église n'a plus d'autre solution que de les imputer au Diable.

Chargé d'enquêter sur l'affaire, Louis-Basile Carré de Montgeron, membre du parlement de Paris, en tira quatre volumes de témoignages intitulés *La Vérité sur les miracles.* C'est dans l'un d'eux que Yannis va trouver la confirmation de son hypothèse.

Un registre du cimetière Saint-Médard mentionne, le 19 mars 1731, l'injonction d'arrachage de deux jeunes poiriers en lisière de la fosse commune – injonction signée pour l'archevêque de Paris par le chanoine Ferdinand Challes.

Mais quel rapport avec notre destinataire, Catherine Bouchet ? En quoi est-elle liée aux événements du cimetière parisien ?

En fouillant la vie de cette femme, Yannis découvre qu'elle fut lingère à la cour de Versailles, de 1718 à 1724. Il ne met guère de temps à comprendre, dans les mémoires d'un courtisan, qu'elle fut l'une des premières maîtresses du jeune roi. Mais il lui faut plusieurs mois à s'user les yeux dans des correspondances insipides avant de découvrir que, renvoyée sur ordre du Premier valet de chambre de Sa Majesté – « l'Éminence rose » qui recrutait et testait les favorites royales –, elle avait mis au monde en secret des jumeaux dans une soupente du quartier Saint-Médard.

Sous le règne précédent, les bâtards de Louis XIV avaient souvent été amenés à jouer un rôle politique important, situation que l'entourage de Louis XV ne voulait surtout pas reproduire. Aucun de ses enfants illégitimes ne serait jamais reconnu, avait signifié le Premier valet de chambre à Catherine Bouchet, en la congédiant avec la garantie d'une rente à vie en échange de son silence.

Aussi fut-elle abasourdie lorsque, trois ans plus tard, il vint la trouver avec un cadeau à la symbolique trop évidente pour ne pas constituer un message, voire la promesse d'un avenir inespéré : un coffret en cuir contenant trois Vilgoutées, les poires favorites de Louis XIV, que le monarque avait dégustées chaque matin de son règne et offertes en cadeau à tous les grands de ce monde.

L'Éminence rose s'inclina avec déférence devant les jumeaux, qui étaient le portrait de leur père à leur âge, et se retira. Catherine Bouchet regarda Fanchon et Martin engloutir les trois merveilleux fruits jusqu'aux derniers pépins. La nuit même, saisis de convulsions, ils rendirent l'âme, et furent inhumés dans la fosse aux pauvres du cimetière voisin.

Comment aurait-elle pu accuser sans preuves le Premier valet du roi ? Elle n'avait jamais fait part de son atroce soupçon à quiconque, hormis son confesseur. Ses parents, qui avaient fermé leur porte à la fille mère, la rouvrirent à la vieille femme brisée qu'elle était devenue du jour au lendemain. Et elle finit sa vie dans la chaumière de Préval.

C'est aux archives du Vatican que Yannis a découvert ce récit, dans les rapports adressés par le chanoine Ferdinand Challes à la congrégation de la Suprême Inquisition. L'archevêché de Paris, par le canal de la confession, avait eu vent de l'assassinat des bâtards royaux et de leur inhumation à Saint-Médard, avant qu'on y enterre François de Pâris. La stratégie de l'Église eut le mérite de la clarté : pour endiguer la ferveur déclenchée par les prétendus « miracles jansénistes », il convenait d'établir que ces manifestations surnaturelles n'étaient pas dues à la puissance spirituelle du défunt diacre, mais aux tourments qui agitaient l'âme des deux enfants martyrs inhumés à côté. Tourments dont le Diable s'était servi pour posséder les hérétiques idolâtres.

On ouvrit la fosse, sans qu'il fût possible d'identifier Fanchon et Martin. Alors le chanoine Challes, de bonne foi, crut mettre un terme aux manifestations démoniaques du cimetière en allant offrir à Catherine Bouchet le couple de poiriers maudits qui, selon lui, était issu des pépins empoisonnés ayant germé dans l'estomac des jumeaux.

Catherine sortit à peine de sa prostration. Et, tandis que le phénomène des convulsions jansénistes se répandait dans toute la France, elle consacra ses dernières années à nous arroser, nous tailler et nous regarder grandir.

La cour de France s'entendit avec le Saint-Siège pour que jamais l'on ne fît mention des « enfants démoniaques » du cimetière Saint-Médard. En échange de son vœu de silence, Ferdinand Challes fut nommé père abbé à la Grande Chartreuse.

Bouleversé par le résultat de ses recherches, mon auteur hésite à interrompre le cours de sa trilogie pour reprendre à zéro mon histoire.

Ne tarde pas trop, Yannis. Tu n'y vois quasiment plus et nous arrivons au terme de notre voyage, tous les deux. Grâce à toi, je sais maintenant quelle est cette voix inconnue qui m'appelait au secours. Cette voix qui demandait réparation de l'oubli. Je sais enfin qui je suis. Le dernier espoir d'une petite âme innocente sacrifiée à la raison d'État. Son ultime projet : créer de la vie à partir d'une graine de mort.

S'exprimer par un arbre pour demeurer sur terre.

Isolde et moi étions les porte-mémoire d'un double assassinat. Extraits de notre sol natal et replantés en terrain vierge, nous avions poussé dans l'amnésie tout en attirant autour de nous, à notre insu, la répétition des drames et les occasions de rédemption qu'il fallait sans doute offrir pour que l'amour nettoie le crime originel.

Le fait d'avoir identifié nommément les deux enfants dont nous provenons pourra, j'espère, leur donner enfin accès à l'au-delà où les attend leur mère. Et me rendre à mon simple sort d'arbre mort, libéré de cette mémoire humaine qui le maintenait en veille.

L'après

— Vous pouvez décommander mon gâteau, déclara Yannis Karras, la veille de ses cent ans, au Secrétaire perpétuel de l'Académie.

Il débrancha à tâtons son respirateur, finit son champagne. Puis il tendit la coupe à son fils en l'invitant, d'un plissement de ses yeux aveugles, à y verser l'infusion de laurier-rose, ce poison qu'il s'était refusé à prendre cinquante ans plus tôt. Maintenant qu'il avait dicté sa dernière œuvre, il avait le droit de partir. Il avait fait ce que Tristane attendait de lui : il avait achevé l'histoire de leur poirier. Il savait qu'il allait pouvoir enfin la retrouver. Il y croyait dur comme bois.

— Soyez heureux, murmura doucement Toé qui souriait dans ses larmes.

Publiée trois mois plus tard, ma biographie intitulée *Devenir un arbre* passa inaperçue :

l'auteur n'était plus là pour soutenir les ventes avec ses longues mèches blanches et ses yeux toujours aussi bleus. Mais cela changea tout pour moi.

Délivré par écrit du poids de mes origines, affranchi de mon lien de tutelle avec Yannis et, surtout, rassuré de sentir que son bonheur posthume était conforme à ce qu'il en espérait, je pus revenir dans mon jardin.

Flanquée de son nouveau voisin, ce tronc lisse à branches planes et tournantes qu'on appelle une éolienne, Isolde avait tenu le coup. Il lui restait six rameaux en mode survie qui suffisaient à occuper sa sève. Et même une fois sèche, solidement étayée par ses quatre piliers d'acier, elle resterait sans doute debout pour continuer à soutenir la cabane d'enfants que les propriétaires restauraient à chaque génération. Le monde s'écroulait ; pas elle. Tant qu'il y aurait des enfants.

Que m'arrive-t-il, soudain ? La sensation n'est pas neuve, mais elle est si lointaine. On dirait que mon état de conscience se modifie, se divise. Au-dessus de mes anciennes racines, quelque chose de moi sort de terre et retrouve la lumière. Un rejet ?

L'après

Non. C'est le pépin d'une de mes poires, recraché par la petite Manon soixante-dix ans plus tôt. Une graine en dormance qui attendait, pour revenir à la vie, que j'aie compris le sens de ma mort.

– Enfin, murmure le vent dans les quelques feuilles d'Isolde.

J'ai à peine le temps de m'étonner qu'elle sente ma présence – et que je le perçoive. Le moment est venu de lâcher prise. Je m'abandonne à ma nouvelle croissance, ma mémoire cesse d'émettre, et c'est le silence de la vie qui recommence.

NOTE DE L'AUTEUR

Ce livre est né de la mort de mon poirier. C'est l'un des seuls éléments autobiographiques, ce qui ne signifie pas que tout le reste soit inventé. Ceux qui voudraient approfondir certains faits troublants peuvent consulter les ouvrages qui furent mes compagnons d'écriture : *Les Langages secrets de la nature* du Pr Jean-Marie Pelt (Fayard), *La France des Arbres remarquables* de Georges Feterman (Dakota), *Intelligence de la nature* de Jeremy Narby (Buchet-Chastel) ou le *Larousse des Arbres*.

Concernant l'affaire des Convulsionnaires du cimetière Saint-Médard, dont j'ai découvert l'ampleur dans *L'Univers est un hologramme* de Michael Talbot (Pocket), on en trouvera le détail dans les quatre volumes de *La Vérité sur les miracles* de Louis-Basile Carré de Montgeron (Paris, 1737).

Quant à la scène que j'ai inventée entre Alfred Dreyfus, le général Mercier et mon poirier, on pourra explorer ses bases historiques dans *L'Affaire* de Jean-Denis Bredin (Fayard-Julliard), *Le Bureau des secrets perdus* de Jean-François Deniau (Odile Jacob), ou encore *Souvenirs et correspondances* publiés par Pierre Dreyfus (Grasset, 1936).

Un mot encore sur Jean-Marie Pelt. Durant plus de vingt ans, les travaux et l'amitié de ce grand botaniste ont préparé mon voyage dans la conscience de l'arbre. C'est lui qui m'a signalé les deux découvertes capitales que je prête à son confrère fictif Clarence Hatcliff : celle des hormones au moyen desquelles certains végétaux stérilisent les insectes prédateurs, et la présence dans leur pollen de progestérone et d'œstrone, à un dosage qui n'est pas sans rappeler le principe de notre pilule contraceptive. Inexpliquée et donc passée sous silence, cette initiative de la nature est bien réelle.

Je tiens toutefois à préciser qu'à ce jour, pour autant que je sache, seule mon imagination a fait produire aux végétaux le cortisol, hormone de la dépression profonde.

Dans la « vraie vie », en dépit de la destruction sauvage ou officiellement maîtrisée des forêts, les arbres continuent à nous rendre heureux – mais pour combien de temps ?

TABLE

Le *Journal intime d'un arbre*

DU MÊME AUTEUR

Romans

LES SECONDS DÉPARTS :

Vingt ans et des poussières, 1982, prix Del Duca, Le Seuil et Points-Roman

Les Vacances du fantôme, 1986, prix Gutenberg du livre 1987, Le Seuil et Points-Roman

L'Orange amère, 1988, Le Seuil et Points-Roman

Un aller simple, 1994, prix Goncourt, Albin Michel et Le Livre de Poche

Hors de moi, 2003, Albin Michel et Le Livre de Poche

L'Évangile de Jimmy, 2004, Albin Michel et Le Livre de Poche

Les Témoins de la mariée, 2010, Albin Michel.

L'enfant qui venait d'un livre, 2011, Prisma (Tableaux de Soÿ, dessins de Patrice Serres)

LA RAISON D'AMOUR :

Poisson d'amour, 1984, prix Roger-Nimier, Le Seuil et Points-Roman

Un objet en souffrance, 1991, Albin Michel et Le Livre de Poche

Cheyenne, 1993, Albin Michel et Le Livre de Poche

Corps étranger, 1998, Albin Michel et Le Livre de Poche

La Demi-pensionnaire, 1999, prix Fémina Hebdo, Albin Michel et Le Livre de Poche

L'Éducation d'une fée, 2000, Albin Michel et Le Livre de Poche

Rencontre sous X, 2002, Albin Michel et Le Livre de Poche

Le Père adopté, 2007, prix Marcel-Pagnol, prix Nice-Baie des Anges, Albin Michel et Le Livre de Poche

LES REGARDS INVISIBLES :

La Vie interdite, 1997, grand prix des lecteurs du Livre de Poche, Albin Michel et Le Livre de Poche

L'Apparition, 2001, prix Science-Frontières de la vulgarisation scientifique, Albin Michel et Le Livre de Poche

Attirances, 2005, Albin Michel et Le Livre de Poche

La Nuit dernière au XVe siècle, 2008, Albin Michel et Le Livre de Poche

La Maison des lumières, 2009, Albin Michel et Le Livre de Poche

THOMAS DRIMM :

La Fin du monde tombe un jeudi, t. 1, 2009, Albin Michel

La Guerre des arbres commence le 13, t. 2, 2010, Albin Michel

Le Temps s'arrête à midi cinq, t. 3, à paraître

Récit

Madame et ses flics, 1985, Albin Michel (en collaboration avec Richard Caron)

Essai

Cloner le Christ ?, 2005, Albin Michel et Le Livre de Poche

Théâtre

L'Astronome, 1983, prix du théâtre de l'Académie française, Actes Sud-Papiers
Le Nègre, 1986, Actes Sud-Papiers
Noces de sable, 1995, Albin Michel
Le Passe-Muraille, 1996, comédie musicale (d'après la nouvelle de Marcel Aymé), Molière 1997 du meilleur spectacle musical, à paraître aux éditions Albin Michel
Le Rattachement, 2010, Albin Michel

Composition PCA
44400 – Rezé

Impression réalisée par
Corlet Imprimeur
14110 Condé-sur-Noireau
pour le compte des Éditions Michel Lafon

Imprimé en France

Dépôt légal : novembre 2011
N° d'impression : 142499
ISBN : 978-2-7499-1500-5
LAF 1316